Ursula Richter, geboren in Rosenberg, damals Oberschlesien, lebt seit vielen Jahren in Hamburg. Die ehemalige NDR-Redakteurin ist heute freie Journalistin und gibt seit über zehn Jahren Weihnachtsgeschichten am Kamin bei rororo heraus, deren Gesamtauflage bei über einer Million Exemplaren liegt.

Gudrun Reher, 1950 in Hamburg geboren, hat nach langjähriger Arbeit im sozialpädagogischen Bereich ein Jura-Studium absolviert. Seit 1993 ist sie als freie Journalistin und Autorin u. a. mit Beiträgen für den Norddeutschen Rundfunk / Fernsehen tätig.

Romantische Weihnachtsgeschichten am Kamin

Gesammelt von
Ursula Richter und Gudrun Reher

Wunderlich Taschenbuch

Neuausgabe November 2004

Veröffentlicht im Rowohlt Taschenbuch Verlag,
Reinbek bei Hamburg, November 2002

Umschlaggestaltung any.way, Andreas Pufal
(Illustration: mauritius images / SuperStock)
Satz Adobe Garamond PostScript, PageMaker
Pinkuin Satz und Datentechnik, Berlin
Druck und Bindung Clausen & Bosse, Leck
Printed in Germany
ISBN 3 499 26526 5

Inhalt

Vorwort

«O Stern und Blume, Geist und Kleid»
Clemens Brentano

Vor genau 200 Jahren, 1802, schipperten zwei junge Männer den Rhein hinab; träumend die Landschaft und die Stimmung in sich aufnehmend. Die beiden schrieben über ihre Empfindungen und werden heute als die Schöpfer der Rheinromantik gefeiert: Clemens Brentano und Achim von Arnim. Zum Weltkulturerbe ist nun im Juni 2002 dieser Mittelteil des Rheins durch die UNESCO erklärt worden – undenkbar ohne die schöpferischen Jungliteraten von damals.

So einflussreich können romantische Gefühle sein! Aber Hand aufs Herz: Was ist «romantisch»? Dinge, die uns auf eine sentimentale Weise berühren, ein Pflaster für die Seele?

Liebe Leserin und lieber Leser, lassen Sie sich auf unsere romantischen Geschichten ein. Wir jedenfalls waren überrascht, wie weit und vielfältig der romantische Blick unserer Autoren ist. Gern hätten wir alle die uns eingesandten Beiträge veröffentlicht, aber es standen uns nur 190 Seiten zur Verfügung. Wenn das Interesse an diesem Buch groß genug ist, wird sicherlich der Verlag einen zweiten Band herausgeben.

Wir, die Herausgeberinnen, danken allen herzlich, die sich beteiligt haben.

Gudrun Reher und Ursula Richter

Edgar Dembeck

Zweisamkeiten

Zusammen sind wir öfters
durch mehrere Leben geflogen
haben uns kurz im Paradies aufgehalten
sind ab und zu über Menschen gestolpert
konnten uns in der Stille verstecken
und uns selbst berühren

Jan Drees

Nichts damit zu tun

Eine Großstadt im Norden: Der Morgen des fünfundzwanzigsten Dezembers, vier Uhr. Die Metropole: still. Der verlassene U-Bahn-Schacht, in dem die Kacheln durch rotes Licht erglühen. Glatte Stufen hinab. Überall Schnee. Der weiße Schimmer, das dämmrig grüne Neonlicht der Straßenlaternen: von Eiskristallen reflektiert. Ein diamantenes Funkeln. Wolken, die bedächtig durch die schwarze Nacht ziehen. Ein leichter Wind und das sinnlose Farbenspiel der Ampeln. Lichter in geschmückten Schaufenstern. Im fünften Stockwerk eines Hauses der Geruch einer heruntergebrannten Kerze, die von selbst erloschen ist. Ein kleiner, mit roten Kugeln geschmückter Tannenbaum.

Eisblumen am Fenster. Seit gestern gewachsen. Es schneit nicht mehr. Nur klirrende Kälte. Stille. Kein Hupen hetzender Menschen. Kein Laut lamentierender Verkäufer. Kein Ticken traktierender Uhren.

In dem fünften Stockwerk des Hauses ein Bett und auf diesem zwei Menschen, die sich nicht kennen. Beide schlafen. Die Decke hebt und senkt sich: leicht. Sie liegen in ihrem Bett, auf ihrer Matratze. Seichte Atemzüge, die den Raum durchwandern. Leise Pflichtprogramm-Weihnachtsmusik aus dem Radio. Auf dem Tisch eine leere Sektflasche und Nussschalen. Eine Motte flappt durch die Luft und schläft auf dem Kleiderbügel ein.

Beide merken davon nichts. Liegen da und schlafen. Träumen von ihren immer wieder geträumten, unerfüllten und sehnlichst vermissten Leidenschaften. Und von dem anderen. In Gedanken noch in dem Saal, in dem sich beide vor wenigen Stunden kennen gelernt haben ...

Viele Menschen waren dort. Alle allein. Manche wie jedes Jahr, andere wie noch nie. Die künstlich geschaffene Festtagsatmosphäre konnte über ein leichtes Schimmern nicht hinauskommen. Lieder, Gebäck, Tüten, Präsente. Anonyme Präsente, die niemals zum Inventar der eigenen Wohnung gehören werden.

Gespräche gelangweilter Gesprächspartner.

Und dann: nicht mit dem anderen gerechnet. Bisher nie gesehen und hier entdeckt. Sympathie. Ein Sekt bei ihr, ein wenig Spaß. Der Geruch von Weihnachten. Ausnahmsweise nicht allein. Doch distanziert. Das Angebot, bei ihr zu übernachten. Angenommen, gelächelt, geschlafen.

Als ob sich dieses Weihnachten etwas ändern würde, nachdem ... Niemals! Obwohl: Man ist noch jung. Ein Stück Fleisch vom Abendessen in Plastikfolie für morgen eingepackt. Mittags, wahrscheinlich allein, aufgewärmt.

Und doch: dieser Wunsch, nur dieser eine einzige Wunsch. Dazu: die Träume. Geschickt in dieser Nacht verbunden. Nur Weihnachten?

Aber: nach dem Aufwachen das Bild in den Augen des anderen und: nein, keine Gewissheit. Nicht wirklich. Stille, während das Radio immer noch leise spielt.

Ein Kuss. An einem eisigen Morgen. Das sinnlose Farbenspiel der Ampeln und die Kacheln im U-Bahn-Schacht und dieser Kuss …

Als ob das mit Weihnachten zu tun hätte.

Angelika Gardiner

Ein Mann aus der Marsch oder *Kein Bernhard, nirgends*

Es war einer dieser Februartage, die den Winter in Norddeutschland so schwer erträglich machen. Als ich nach sechsstündiger Bahnfahrt aus dem Zug stieg, blies mich der eisige Nordwestwind fast um. Um vier Uhr nachmittags war es so dunkel, als würde gleich die Tagesschau beginnen. Mein Regenschirm steckte ganz unten im Koffer, aber gegen die fast waagrecht peitschenden Wassermassen hätte er ohnehin nicht viel genützt. Wieder einmal grübelte ich vergeblich darüber nach, wann wohl jemand Scheibenwischer für Brillenträger erfinden würde. Halb blind flüchtete ich ins Innere des Bahnhofs, putzte meine Brille trocken und sah mich nach Bernhard um.

Kein Bernhard, nirgends.

Mein Liebster hatte versprochen, mich vom Bahnhof abzuholen. Vorsichtshalber hatte ich ihn noch vom fahrenden Zug aus angerufen und seinem Anrufbeantworter erzählt, dass ich vom Besuch meiner Mutter wohl pünktlich zurückkommen würde. Bei der Deutschen Bahn ist das ja heutzutage keineswegs selbstverständlich. Außerdem wollte ich ihn einfach nochmal an die Ankunftszeit erinnern. Da Bernhard es grundsätzlich ablehnt, eine Armbanduhr zu tragen, zeichnen sich Verabredungen mit ihm durch einen hohen Unsicherheitsfaktor in Sachen Pünktlichkeit aus.

In der Nähe der Eingangstür suchte ich mir eine Ecke, von der aus ich einerseits einen guten Überblick hatte und andererseits nicht Gefahr lief, mir gleich einen Schnupfen zu holen, sobald jemand rein oder raus wollte. Trotzdem schlug mir jedes Mal, wenn sich die automatische Tür öffnete, die Winterluft ins Gesicht wie ein nasser Scheuerlappen. Ich fror in meinen feuchten Klamotten.

Wie ich es hasse, einfach vergessen zu werden. Jetzt stand ich schon seit zwanzig Minuten in der Eingangshalle. Kein Bernhard, nirgends. Zu Hause war er auch nicht, wie ein Testanruf per Handy ergab.

Nach einer halben Stunde fing ich ernsthaft an, ein Taxi in Erwägung zu ziehen. Da stürmte er plötzlich von hinten heran. Natürlich kam er nicht durch den Haupteingang, sondern durch eine Seitentür, die ich nicht im Blick hatte. «Entschuldige bitte», keuchte er, «ich bin aufgehalten worden.» Man kann ihm wirklich nicht vorwerfen, er würde besonders komplizierte Ausreden erfinden. Als wir im Auto saßen, sagte er: «Ich wollte dir Blumen mitbringen, aber das habe ich auch nicht mehr geschafft.»

War ich sauer? War ich enttäuscht?

Nicht wirklich.

Ich habe mir einen Mann eingehandelt, der mit einem Märchenprinzen so viel zu tun hat wie ein Ritscher-Dreirad mit einem feuerroten Lamborghini. Bernhard ist freundlich am Tag und zärtlich in der Nacht. Aber ein Mann der großen romantischen Inszenierung ist er beim besten Willen nicht, das weiß ich seit langem. Eigentlich von Anfang an.

Kennen gelernt haben wir uns per Telefon. Eine meiner politisch aktiven Freundinnen hatte ihm meine Nummer gegeben, weil er für seine Bürgerinitiative jemanden suchte, der Pressemitteilungen schreiben konnte. Ich sagte ihm gleich, dass ich dafür weder Zeit noch Lust hätte, doch er blieb hartnäckig. Ob ich nicht wenigstens mal mit ihm auf der Straße Unterschriften sammeln wollte?

Ich ließ mich breitschlagen. Schon die allererste Verabredung verlief so wie fast alle folgenden: Ich stand da und wartete. Beinahe wäre ich wieder nach Hause gefahren, wenn mir nicht ein alter Freund über den Weg gelaufen wäre, mit dem ich genüsslich ein paar neuere Tratschgeschichten austauschte. Plötzlich – und gut eine Viertelstunde zu spät – stand Bernhard neben uns, Unterschriftslisten unterm Arm und im Gesicht dieses Lächeln der betretenen Unschuld, gegen das ich immer noch einigermaßen hilflos bin.

Wir sammelten also Unterschriften, quatschten wildfremde Leute an, die manchmal freundlich, gelegentlich feindselig oder auch nur haarsträubend dumm reagierten. Das musste ich erst mal verdauen, ich hatte ja keine Ahnung gehabt, was man sich als Mensch, der sich für ein paar politische Harmlosigkeiten engagiert, so alles anhören muss. Nach zweieinhalb Stunden legten wir eine Pause in einem kleinen Café ein und rechneten unsere Unterschriften zusammen. Dann erzählten wir von uns und unseren Überzeugungen und Zielen. Bernhard fragte, ob ich in ein paar Tagen wieder gemeinsam mit ihm losziehen wollte, denn, so fand er, wir wären ein erstklassiges Gespann. Es ist ja nicht einfach, Unbekannte dazu zu bewegen, ihren kostbaren Namenszug unter eine politische Forderung zu setzen. Da muss man sich argumentativ und auch sonst einigermaßen gut ergänzen. Und weil das offensichtlich bei uns beiden der Fall war, schlug ich Bernhard vor, wir könnten uns ja duzen.

Er verschluckte sich fast an seiner Apfelschorle und murmelte undeutlich, dass das für ihn «eigentlich» kein Problem sei. «Eigentlich bin ich mit ziemlich vielen Leuten per du, und auch mit Nachbarn und Leuten in unserer Bürgerinitiative. Manchmal ergibt sich das fast von selbst ...» Was war los mit dem Kerl? Bernhard verhielt sich ja fast so, als gelte es, einen unsittlichen Antrag abzuwehren. Dabei war mein Vorschlag doch keineswegs ungewöhnlich gewesen. Ich war einigermaßen perplex.

Als wir uns das nächste Mal trafen, ritt mich der Teufel. Er hatte mich wieder mit «Sie» angeredet, und nun wollte ich wirklich herausfinden, was ihn an dem «Du» so störte. «Hatten wir nicht ausgemacht, uns zu duzen?», fragte ich scheinheilig. Wieder reagierte er, als sei ihm das Thema äußerst peinlich. «Ich habe richtig gute Freunde, mit denen ich auch nach vielen Jahren immer noch per Sie bin. Eigentlich ist das doch ohnehin kein Problem, so oder so. Irgendwie ist das doch gar nicht so wichtig ...»

Ich beschloss, es dabei zu belassen. Ich wollte mich nicht aufdrängen, zumal ich zu diesem Zeitpunkt noch keinerlei erotische Ambitionen hatte. Aus irgendeinem unerfindlichen Grund schien es ihm wirklich unangenehm zu sein, mich zu duzen. Von mir aus würde ich jedenfalls das Thema nicht mehr erwähnen.

Bei unserem dritten Treffen war er es, der davon anfing. «Das mit dem Du – ich glaube, wir sollten dabei bleiben», meinte er unvermittelt, und ich sagte bloß: «In Ordnung.»

Fünf Jahre ist das jetzt her, und so holprig, wie wir anfingen, machten wir auch weiter. Der spröde Charme der norddeutschen Tiefebene dürfte in Bernhard einen seiner ausgeprägtesten Vertreter haben. Seine Komplimente sind besser versteckt als meine Ostereier. Und erst jetzt, nachdem wir uns doch schon so lange kennen, erschließt sich mir manchmal der freundliche Sinn hinter einer kargen Geste, einem verschmitzten kleinen Lachen. Auch Lob aus seinem Mund kommt nicht von selbst. Habe ich etwa für ein Rudel Freunde ein exquisites Menü gekocht, überschlagen sich meine Gäste fast vor Begeisterung – bloß Bernhard murmelt allenfalls eher nebenbei und erst auf wiederholte Nachfrage: «Doch, kann man essen …» Seit ich weiß, dass seine Mitmenschen aus der Marsch ähnlich zurückgenommen reagieren, denke ich mir: So ist er eben. Und ich habe dazugelernt: Wenn ich finde, dass ich etwas erstklassig hingekriegt habe, dann rühme ich mich selbst so laut und ausdauernd, bis Bernhard wenigstens mit dem Kopf nickt. Was mich aber am meisten verblüfft: Ich fühle mich wohl dabei.

Als mich Bernhard zu unserem ersten gemeinsamen Spaziergang einlud, fragte er: «Willst du mal unseren Schrottplatz im Dorf sehen?» Ich fand das einen aparten Vorschlag – welcher Mann kommt schon auf die Idee, die neue Frau in seinem Leben auf den Schrottplatz zu führen! Auf dem Weg dorthin erzählte Bernhard von früher: Wie hart das Leben seiner Vorfahren hinter dem Deich war und wie die Marsch aussah, als die Stadt noch nicht so nahe herangerückt war wie heute. Er wusste von kauzigen Schulmeistern und rechtschaffenen Gemeindedienern, von Tanzvergnügen und Schützenfesten, die regelmäßig mit einer Prügelei zwischen Einheimischen und Ortsfremden endeten. Ich hörte ihm gern zu. Als er erwähnte, dass er als kleiner Junge keinen sehnlicheren Wunsch hatte als den, einen schönen Brief zu schreiben, schlug ich ihm leichtsinnigerweise vor, das doch nachzuholen: weil ich nämlich ausgesprochen gern schöne Briefe bekomme. Bernhard ging auf der schmalen Deichkrone ein paar Schritte vor mir, und ich sah richtig, wie sich sein Rücken versteifte. Da hatte ich wohl wieder einen Fehler gemacht. Um ihn auszubügeln, fügte ich etwas sperrig hinzu: «Na ja, eine E-Mail würde es auch tun ...» Sehr, sehr verhalten sagte Bernhard darauf: «Mal sehen ...» Das war's dann zu diesem Thema, ein für alle Mal. Ein Mann aus der Marsch gibt einer Frau doch keine schriftlichen Beweise seiner Zuneigung in die Hand.

Es war sommerlich warm, seit Wochen hatte es nicht geregnet. Die Walnussbäume am Deich hatten schon dürre, dunkelbraun eingerollte Blattränder. In einem Wassergraben, der die Grenze zwischen zwei Bauernhöfen markiert, landeten drei Enten mit einem lauten Platschen. Fern am Himmel schwebten rote und blaue Heißluftballons. Als Bernhard wieder zu reden anfing, vermied er das gefährliche Terrain der persönlichen Bekenntnisse. Lieber blieb er im unverfänglich Heimatkundlichen: Wie die ersten Dampfpflüge die Arbeit auf den Feldern erleichtert hatten und wie die Bauern ihre Pferde allmählich durch Trecker ersetzten, bis es im Dorf nur noch eine einzige Kutsche gab, mit der auch heute noch jedes Jahr das neue Schützenkönigspaar feierlich durch den Ort gefahren wird. Er erzählte schnörkellos, aber in seiner Stimme schwangen Anteilnahme und ehrliches Bedauern über den Untergang einer Lebensart, die jahrhundertelang den Gang der Dinge in der flachen Landschaft des Nordens geprägt hatte. Dabei kannte auch er die meisten dieser Geschichten nur noch aus den Schilderungen der alten Leute im Dorf.

Am Schrottplatz angelangt, schien er genau zu wissen, was er suchte. Ich begriff, dass es ihm nicht nur und schon gar nicht in erster Linie darum gegangen war, mir dieses bizarr übereinander getürmte Altmetall vorzuführen. Bernhard hatte gehört, dass dort zwischen all den rostigen Geräten auch ein Aufsitzrasenmäher der ersten Generation stand. Den wollte er haben, ein museumsreifes Gefährt, das einen Motor zum Mähen und einen zum Fahren hat. Mit leuchtenden Augen ging er um die Maschine herum, einmal, zweimal. «Wie findest du den?», fragte er ausgerechnet mich, die ich ohnehin nicht wusste, was das für ein eigenartiges Ding war. Was sollte ich dazu sagen? Aber darauf kam es sowieso nicht an. Er hätte den Rasenmäher auf jeden Fall gekauft.

Und ich, ich freue mich auch heute noch jedes Mal, wenn ich sehe, wie Bernhard glücklich strahlt, sobald er auf der stinkenden, ratternden Höllenmaschine um seine Kirschbäume herumkurvt und das Gras abrasiert.

Auch unser zweiter Spaziergang war nicht eben das, was in einem Almanach für Verliebte Erwähnung fände. Bernhard lud mich ein, mit ihm den alten Friedhof an der Dorfkirche St. Maria Magdalena zu besuchen. Erst blieb er an den Gedenktafeln für die Gefallenen der beiden Weltkriege stehen. Er kannte alle Namen, alle Familiengeschichten. Dann gingen wir um die kleine Barockkirche herum. Im Vorbeigehen grüßte er die Verstorbenen mit einem kurzen Kopfnicken, vor manchen Grabstätten hielt er einen Augenblick an. Fast hatte ich den Eindruck, als wollte er mich den toten Freunden und Verwandten vorstellen. Am Grab seiner Eltern holte Bernhard hinter einem Wacholderbusch eine kleine Hacke hervor und lockerte damit die Erde. Er riss Unkraut aus dem Boden, holte vom nahen Friedhofsbrunnen Wasser für die Hortensien und zupfte welke Blüten ab. Er war ganz still dabei, hantierte sicher und irgendwie andächtig. Zweckfreies Spazierengehen ist nicht unbedingt seine Sache, das hatte ich immerhin begriffen. Was für ein merkwürdiger Mann. Ich mochte seine Bodenständigkeit und seine Ernsthaftigkeit. Dabei hatte ich bei ihm durchaus auch einen Sinn für Wortspielereien und sanften Spott bemerkt, der mir auch heute noch gefällt – selbst wenn er mich damit manchmal zu unser beider Vergnügen reinlegt.

Ich stand hinter dem hohen Grabstein, beobachtete Bernhard bei seiner Grabpflege und schnupperte an einem Stiefmütterchen, das aus einer Mauerfuge auf der Rückseite des Familiengrabs wuchs. Als wir zurück zur Friedhofspforte gingen, machte mich Bernhard auf ein altes schmiedeeisernes Kreuz aufmerksam, das etwas abseits zwischen einigen Büschen steht. Einer seiner Ur-Ur-Ur-Onkel – oder war es eine Tante? – liegt dort begraben. «Schon lange möchte ich an dem Kreuz eine schöne Rose pflanzen», sagte er. «Und ich würde mich freuen, wenn du mir hilfst, eine ganz besondere zu finden.» Ich war gerührt. Jetzt im Sommer war zwar nicht die richtige Zeit dafür, aber bis zum Herbst würde ich bestimmt die passende Sorte haben. In den folgenden Wochen und Monaten sah ich mir also jeden Blumenkatalog und jede Gärtnerei daraufhin an, ob sie eine geeignete Rose zu bieten hatten.

Das Kreuz ist auch heute noch nicht von Rosen umrankt. Nicht etwa, weil ich keine geeigneten entdeckt hätte, sondern weil ich irgendwann einmal mit Bernhards Exfreundin, meiner Vorgängerin, ins Gespräch kam. Und der hatte er auch schon den Vorschlag gemacht, eine ganz besondere Rose für das Grabkreuz zu finden. Das fand ich ernüchternd, er hingegen war stolz auf seine Idee. «Kommt bei Frauen gut an, das musst du doch zugeben», kommentierte er ungeniert.

Zum Schrottplatz habe ich ihn noch öfter begleitet. Mal suchte Bernhard einen kleinen Trecker, mal sah er dort ein ausrangiertes Boot liegen, das es ihm angetan hatte. Die Männer, die auf dem Gelände arbeiten, kümmern sich nicht weiter um ihn, wenn er mal wieder zwischen rostigen Fahrzeugteilen herumklettert. Sie kennen Bernhard und sein Faible für alte Landmaschinen. «Ich habe eben am liebsten was gutes Gebrauchtes», sagt er dann und grinst mich so frech-verlegen an, als sollte ich das auch auf mich beziehen.

Vermutlich hält er so einen Satz tatsächlich für ein Kompliment.

Und ich, ich habe beschlossen, bei nicht ganz eindeutigen Äußerungen Bernhards grundsätzlich die für mich angenehmste Auslegung für wahr zu halten. Das ist gut für die Laune und die Gesamtbilanz. «Sei froh, dass ich aus der Marsch komme», verteidigt er sich, wenn ich mal wieder über den Mangel an rosaroten und himmelblauen Gefühlsäußerungen maule. «Mit einem Kerl von der Geest wäre das für dich noch viel schlimmer!» Ich muss das dann einfach so stehen lassen, da mir geeignete Vergleiche fehlen. Sollte es wirklich jemanden geben, der Zuneigung noch indirekter ausdrückt?

Da war die Sache mit dem Ball im besten Hotel der Stadt. Bernhard liebt Bälle, so richtig mit Smoking und Abendkleid. Ich wurde ganz nervös, als er die Eintrittskarten aus der Brieftasche zog. Ich im Abendkleid? Und außerdem: «Noch nie war ich eine gute Tänzerin, ich bin störrisch und lasse mich nicht gern führen», versuchte ich einzuwenden. «Das macht nichts», sagte er schlicht und ließ nicht locker. Also zog ich los, erstand ein Abendkleid und fand mich schließlich an einem Winterabend in einem festlich geschmückten Ballsaal wieder.

Leise Panik erfasste mich: Wenn ich nun beim Tanzen in den Saum meines bodenlangen Fummels trat und vor aller Augen auf die Nase fiel? Bernhard blieb gelassen. Gleich beim ersten Walzer schwenkte er mich mit beherztem Griff über das Parkett und sorgte dafür, dass wir niemanden umrempelten. Mein unelegantes Herumhampeln war mir entsetzlich peinlich, und für ihn kann es auch kein Vergnügen gewesen sein. «Es tut mir Leid, dass ich so eine komische Figur abgebe», entschuldigte ich mich, als wir wieder am Tisch saßen. «Am liebsten würde ich mich auf der Damentoilette einschließen, bis dieser ganze Zirkus vorüber ist. Ich habe dir ja gleich gesagt, dass ich nicht tanzen kann!» Bernhard strich mir ganz zart über den Rücken und versuchte gar nicht erst, so zu tun, als sei ich allzu streng mit mir selbst. «Mir macht das nichts aus. Nimm's einfach locker und genieße den Abend. Weil es nämlich nicht darauf ankommt, wie gut du tanzt», beruhigte er mich mit amüsiertem

Augenzwinkern und fügte dann ein klein wenig ernster hinzu: «Wirklich wichtig ist doch ganz was anderes!»

Da war sie wohl, die Liebeserklärung eines Mannes aus der Marsch. Nicht gerade die klassische Art, aber die war auch nicht zu erwarten. «Ich bin doch kein Schnacker!», hatte Bernhard jedes Mal mit gespielter Empörung erwidert, solange ich noch dachte, ich könnte ihn durch Fangfragen zu einem leidenschaftlichen Bekenntnis rumkriegen. Das ist wahr: Einer der viel redet, ein Schnacker, ist er bestimmt nicht. Aber wenn er morgens losfährt, um Frühstücksbrötchen zu holen, ist für mich immer ein Extra-Croissant dabei. Auch an den Pfirsich-Maracuja-Joghurt, den ich lieber mag als er, denkt er beim Einkaufen. Manchmal schenkt er mir Rosen, mit und ohne Anlass. Stumm überreicht er sie mir, in den Augen dieses zufriedene Glitzern, dass es ihm wieder mal geglückt ist, mich zu überraschen. Ein Marschmann sagt es eben nicht durch viele Worte. Es kann aber auch vorkommen, dass er einen Rosenstrauß nach Hause bringt und ihn samt Einwickelpapier in einen Krug Wasser stellt, damit sie frisch bleiben, bis wir uns wieder sehen. Dann kommt irgendetwas dazwischen, und er denkt nicht mehr daran. Erst wenn ich wieder in seiner Küche stehe und vorsichtig frage, ob er irgendwo zum Geburtstag eingeladen ist, weil da verpackte Blumen im Wasserbad stehen, fällt ihm wieder ein, dass die ja für mich gedacht waren.

Kann man so einem Menschen ernstlich böse sein?

Kürzlich war Valentinstag. Ein paar Tage vorher fragte mich Bernhard ganz beiläufig, ob ich eigentlich eine Plattschaufel habe. Nein, sagte ich. Wozu sollte ich eine Plattschaufel haben. «Aber du hast doch einen Garten, da brauchst du doch eine Plattschaufel!», meinte er entschieden. Ich war mir da nicht so sicher. Schließlich bin ich über zehn Jahre lang in meinem Garten ohne Plattschaufel ausgekommen.

Der Valentinstag kam und mit ihm eine Plattschaufel. Der

Stiel war neu, von Bernhard eigenhändig angebracht. Die Schaufel selbst stammte vom Schrottplatz im Dorf, fast eine echte Antiquität und hervorragend erhalten. Beinahe hätte Bernhard vergessen, sie mir zu überreichen, aber ich sah sie in der Ecke stehen und schloss pfeilgerade, dass die für mich bestimmt sein musste.

Kann es ein liebevolleres Geschenk geben als eine Plattschaufel, von der man vorher nicht einmal wusste, dass man sie unbedingt braucht?

Und ich, ich habe sie sogar schon benutzt!

Irene Wegmann

Nach all den Jahren wieder …

Irgendwie schien der Winter früher zu kommen und jedes Jahr kälter zu werden in dem kleinen Haus am Ortsrand, dort, wo nur noch schneebedeckte Felder und Wiesen den kleinen Ort vom Waldrand trennen.

Das kleine Haus mit dem hohen Schornstein war wieder gut auf den Winter vorbereitet worden. Hoch aufgestapelt lagen die Holzscheite an den Außenmauern und verhießen eine mollige Weihnachtszeit am Kamin. Die braunen Fensterläden schienen rauchgeschwärzt, der Kamin hinterlässt nun mal seine Spuren.

Zum Glück habe ich meinen Vater in der Nähe, ohne ihn käme ich allein im Haus nicht zurecht, dachte Birgit und zündete die vorbereiteten Scheite im Kamin an. Kurze Zeit später flackerte das Feuer schon lustig und warf bizarre Figuren an die holzvertäfelte Wand. Man musste schon einen Hang zum Abenteuer haben, wenn man sich so einen Wohnsitz aussuchte.

So einfach war es nicht, mehr oder weniger allein im Haus am Hügel, und geplant war es ja nicht so gewesen.

Weit mehr als ein Jahr war es jetzt her, dass Birgit und Florian vor die erste Zerreißprobe ihres gerade begonnenen gemeinsamen Lebensweges gestellt wurden. Das kleine Holzhaus war gerade mit viel Eigenleistung renoviert und eingerichtet worden. Der Kamin, das Herzstück des großen balkendurchzogenen Wohnraumes, hatte die ersten Probeläufe hinter sich. Nach den nötigsten Renovierungen am Haus wurde er zum unentbehrlichen Mobiliar. Im Strahlungsbereich der Feuerstelle stand oft der kleine Schachtisch, an dem so manch fesselnde Partie ausgetragen wurde. Vor den orangeroten Flammen und den knisternden Holzscheiten, die wegen der feuchten Beschaffenheit manchmal ein singendes Zischen von sich gaben, ließ es sich so schön träumen und den Tag ausklingen lassen.

Wie viele solcher gemütlicher Abende hatten sie schon in diesem Refugium verbracht? Die ersten Winterabende waren noch angefüllt mit Hämmern und Klopfen, Sägen und Schleifen, bis aus dem alten Holzhaus endlich ein Kleinod geworden war. Für diese Zeit waren auch die Rehe, die sich normalerweise in der Dämmerung am nahen Waldrand zeigten, verschwunden. Erst als nach den Renovierungen wieder Ruhe einkehrte, waren auch die scheuen Waldtiere zurückgekommen.

Eines Abends war Florian erst spät aus Erlangen zurückgekommen. Birgits Tag war kürzer gewesen, und wie gewohnt hatte sie eine Brotzeit hergerichtet. Heut ist's gar grausig draußen, sagte Birgit mehr zu sich selbst, als sie eine dicke, selbst gefertigte Patchworkdecke in der Sitzecke zurechtlegte. Es dauerte immer eine ganze Weile, bis die Kaminwärme sich in dem riesigen Wohnraum ausgebreitet hatte.

Rasch schob sie die Bücher zusammen, die sie auch zu Hause immer in Reichweite liegen hatte. Noch einige Semester würden sie beide auch in ihrer Freizeit vom Studium nicht lassen können. Beide hatten sich der Ethnologie verschworen und träumten von Projekten im Ausland und der Forschung vor Ort.

Das dumpfe Brummen von Florians Landrover war vor dem Haus zu hören. Andere, kleinere und leichtere Autos hätten schon am Fuße des Abhangs klein beigeben müssen. Aber der schon etwas betagte Geländewagen nahm die Anhöhe mit Bravour. Florians Pfeifen galt nicht so sehr ihr als seinem Terrier, der nun laut kläffend vor der Haustür Einlass begehrte. Sein Besitzer kam ungestüm ins Haus gelaufen, der Schnee unter seinen Füßen knirschte, das Gesicht war stark gerötet von der Kälte und sein Anorak mit Schnee dekoriert, den er im Vorbeilaufen von den Büschen vor dem Haus mit heruntergerissen hatte. Wie so oft bei ihm hatte sich eine ungebändigte blonde Locke gelöst und war ihm in die Stirn gefallen, ein Wirbel, ein Erbstück, wie er an dieser Stelle immer erklärend entgegnete …

Birgit hatte den Teepunsch in den Wohnraum getragen, die Kerzen entzündet und blickte ihm lächelnd entgegen. Würde er den Zauber dieses Winterabends bemerken, oder hatte er den Kopf noch voll mit ostafrikanischen Stämmen und deren Sitten und Gebräuchen? Er packte seinen Rucksack aus und las zwischendurch immer ein Blatt Papier, dessen Inhalt ihn sehr zu fesseln schien.

«Du, mir ist da heute Vormittag etwas sehr Interessantes zu Ohren gekommen. Professor Waldschmidt baut eine Truppe zusammen, die ihn zu den noch kaum erforschten Stammesgebieten der Harar in Äthiopien begleiten soll. Vier bis fünf Semester Studium sollten schon hinter den Teilnehmern liegen, Erfahrungen in der Praxisarbeit wären wünschenswert, aber nicht Bedingung. Ich dachte, das sei etwas für mich, die Bedingungen könnte ich erfüllen …»

«Das ist doch nicht dein Ernst, willst du mich wirklich hier allein lassen, wo doch dieses Haus ein bisschen mehr Arbeit erfordert, mit Holzholen zum Beispiel!» Birgit schien es nicht fassen zu können.

«Das stimmt schon», gab Florian zögernd zu, «aber dein Vater hilft dir doch gern, wie ich ihn kenne, und ewig dauert so ein Winter ja auch nicht.»

Die Stimmung dieses Abends war gestört, die übliche Romantik stellte sich nicht ein. Zu groß wären die Veränderungen, die eine Trennung, wenn auch nur auf Zeit, mit sich bringen würde.

Birgit fühlte sich seit einiger Zeit nicht so ganz fit, sicher hatte sie sich ein bisschen verausgabt mit dem Arbeiten an der Uni und den häuslichen Tätigkeiten, denn von einem Ende der Renovierungen konnte man noch lange nicht sprechen. Und so weit es ihr möglich war, hatte sie tatkräftig mit zugegriffen.

Die Abende waren nicht mehr so urgemütlich wie ehedem. Der Tisch im Wohnraum war bedeckt mit Auszügen aus dem Internet, Fachliteratur stapelte sich, und Florian schien mehr Zeit in Uni und Bibliothek zu verbringen als je zuvor.

Die Ereignisse überschlugen sich. Nur zwei wortkarge Wochen später kam Florian mit den fertigen Unterlagen nach Hause. Erstaunlich kurz war die Wartezeit auf Pass und Visum gewesen, und Birgit unterstellte insgeheim, dass der Reiseplan schon viel früher unter Dach und Fach war, als sie davon erfahren hatte. War er zu feige gewesen, oder scheute er die unausweichliche Auseinandersetzung mit ihr? Die Dinge kamen ins Rollen und nahmen ihren Lauf.

Weit über anderthalb Jahre waren vergangen, die Nachrichten vom schwarzen Kontinent waren mehr als spärlich gekommen, und auch Birgit reagierte kaum auf dürftige Meldungen, die teilweise über Dritte an sie kamen. Sie hatte ihren eigenen Kalender und Terminplan, und auch ohne Harar und exotische Expeditionen waren beide alles andere als leer oder unausgefüllt.

Wieder wurden die Tage empfindlich kühler, der Kamin brannte. Birgit war nach den Vorlesungen wieder zu Hause und breitete Ordner und Schreibutensilien auf dem Tisch aus. Früher hatten sie und Florian ihre eigenen Arbeitszimmer gehabt, aber Birgit hatte doch die eine oder andere Veränderung im Haus vornehmen müssen. Neben dem Kamin hatte ein neuer Computer seinen Platz gefunden, und die Arbeit mit ihm war zu einem festen Bestandteil ihrer Abende und Wochenenden geworden. Es war nicht immer leicht gewesen ohne einen Partner, der einem zur Seite stand, wie oft hätte sie seinen Beistand gebraucht …

Über den Hang quälte sich ein Fahrzeug. Sie seufzte und strich mit sanfter Hand über den blonden Kopf des kleinen Jungen, der in seinem Rollbettchen neben der Couch schlief. Aus seinem blonden Haarschopf hatte sich eine ungebändigte Locke gelöst und war ihm in die Stirn gefallen, ein Wirbel, ein Erbstück …

Das dumpfe Brummen eines Landrovers war vor dem Haus zu hören. Andere, kleinere und leichtere Autos hätten schon am Fuße des Abhangs klein beigeben müssen …

Hermann Schreiber

Nächste Woche in London

Aus dem Tagebuch eines Kurzurlaubers auf Mallorca

I

Also, das geht einfach zu schnell. Bloß weil dies ein «Kurzurlaub» ist, muss es doch nicht so schnell gehen. So plötzlich kann kein Mensch den Arbeitsalltag loswerden. Drei Stunden zwischen Hamburg und Mallorca, drei Stunden zwischen Tretmühle und Freiheit. So schnell wird man nicht frei.

Nun tritt, auf dem ungetümen Flughafen, die Karawanserei in ihre Rechte, das unvermeidliche Verfrachten, neudeutsch «Transfer» geheißen. Omnibusse brausen übers Land. Das große, grausam zufällige, grundlos fröhliche Sich-Vermischen der Gruppenreisen beginnt. Ich will damit nichts zu tun haben, ich bin fremd. Ja, ich bin hier. Aber meine Seele ist noch nicht angekommen.

Zum Abendessen im Hotel bestelle ich mir eine ganze Flasche Wein und trinke sie so ziemlich aus, was meine Tischgenossen mit Argwohn betrachten. Dann sofort ans Meer. Versteige mich ein bisschen in den Klippen und durchkreuze dabei die amourösen Pläne einer Dame, die bloß Französisch, und eines Herrn, der bloß Spanisch spricht.

Entferne mich – kaum getröstet.

II

Immer noch ziemlich freudlos heute Morgen. Der Blick von der Veranda meines Zimmers auf die Bucht erheitert mich auch nicht gerade. Das sah im Prospekt ganz anders aus. Muss Zeitungen kaufen.

Eine Untersuchung der Bademöglichkeiten erbringt enttäuschende Resultate: entweder direkt vor dem Hotel, aber da gehen offensichtlich alle hin, oder in den Klippen, aber das ist ein ziemlich weiter Weg. Entschließe mich für den Strand vor dem Hotel und bereue es sofort: Eine Gruppe bestens gelaunter Österreicher warnt mich höchst originell vor zu viel Sonne, und ich habe Mühe, höflich zu bleiben. Finde eine Ausgabe des «Daily Mirror» im Papierkorb, aber sie ist vier Tage alt.

Beim Essen zwei interessante Engländerinnen am Nebentisch, eine lustige Blonde und eine ziemlich stille Brünette. Sehr hübsch, beide. Warum sind die mir nicht schon gestern Abend aufgefallen? Freundinnen offenbar. Wenn ich die herüberwehenden Dialogfetzen richtig deute, sind sie Stewardessen bei einer britischen Charter-Airline, die Blonde erzählt jedenfalls Flieger-Anekdoten. Ich muss aufpassen, dass ich ihre Freundin nicht so anstarre, das macht die vielleicht nervös. Bleibe sitzen, bis die beiden gehen.

Dann hinaus in die Hitze. Alles schwelt. Das Dorf ist fast weiß jetzt, und ein rauchiger Glast liegt über dem schonungslosen Braungrau der Berge. Endlich fühle ich das Meer. Noch ist da nur eine sentimentale Aufwallung, ein jäher Andrang von Erinnerungen, noch bin ich unterwegs. Aber ich weiß jetzt: Das Meer ist nahe. Ich bin in Sicherheit.

Lege mich in einen schattigen Liegestuhl. Die beiden Engländerinnen sind auch da, ich muss nur ein kleines bisschen zur Seite rücken, um sie im Auge zu behalten. Ein einheimischer Mariner in der Badehose versucht, bei ihnen anzukommen.

Verhindere das.

III

Gebummelt gestern Abend.

War mit den Engländerinnen zuerst in der «Bar Brisas», auf halbem Weg zum Leuchtturm, und dann hatten wir gerade die richtige Stimmung fürs «Andalusia». Nettes Lokal. Ein Garten voller Palmen, ein Springbrunnen in der Mitte der Tanzfläche, die Musik nicht zu laut. Sekt sehr billig, Fundador ausgesprochen preiswert. Wir sind ein bisschen außer Atem geraten. So jung sind wir ja alle drei nicht mehr.

Die Brünette heißt übrigens Joan, lebt in London und ist auf der Mallorca-Route für eine Kollegin eingesprungen. Ihre blonde Freundin Marjorie fliegt noch regelmäßig, macht jetzt aber

Kurzurlaub und hat Joan zum Bleiben überredet. Sehr gute Idee.

Heute ist der Himmel bedeckt. Arrangiere eine kleine Ruderpartie hinaus aufs Meer. Lunch aus der Tüte nebst reichlich Wein, irgendwo an der Steilküste dahintreibend, von neugierigen Quallen umgeben, trotzdem die Beine im Wasser, zufrieden und schweigsam.

Dann kommt plötzlich Wind auf und treibt uns zurück. Im Hotel feiert eine spanische Hochzeitsgesellschaft, Tanz auf den Terrassen, viele groß geblümte Kleider und weiße Uniformen – es heiratet ein Mariner. Die Mädchen wollen natürlich unbedingt die Braut sehen. Aber eine Art Platzregen jagt die ganze Fiesta auseinander. Alle retten sich in die Halle, bis auf das Klavier und die große Trommel.

Zwei Stunden Regen. Ich habe Schmetterlinge im Bauch. Schönes Gefühl.

IV

Sehr heiß. Fast den ganzen Tag am Strand.

Joan hat wahrhaftig grüne Augen. Ich muss die Luft anhalten beim Eintauchen in diesen Blick. Wenn ich ihren Bewegungen zusehe, fange ich an zu träumen. Ihr Lachen macht mich vollkommen fassungslos. Seit ich ihr das gesagt habe, lächelt sie nur noch. Als ob sie damit irgendetwas verhindern könnte …

Gegen Abend fahren die Mädchen ins Dorf, um sich die Läden und den Friseur anzusehen. Ich bin zu faul dazu. Als sie weg sind, fallen mir die Zeitungen ein, die sie mir hätten mitbringen sollen.

Zwei herrliche Typen kennen gelernt: Harry und Violet. Kaum zu glauben, dass sie schon Enkelkinder haben. Er ist Oberkellner in einem Londoner Restaurant, und sein Lieblingswort ist «nice». Aber er sagt es nicht so, wie die Amerikaner «cute» sagen, sondern mit der festen, männlichen Überzeugung, sein Leben sei gut so.

Ich mag diese Engländer. Ich mag ihren untertreibenden Humor, ihren unverdrossenen Individualismus. Ich mag sogar ihre Schrullen. Hier im Hotel wohnt einer, der zieht einfach seinen Anzug nicht aus, niemals, auch am Strand nicht, nicht einmal das Jackett. Marjorie meint, er habe sein Geld ins Futter eingenäht, die Überreste vom letzten Bankraub. Aber ich bewundere den Mann. Das ist Konsequenz!

Und dann sind hier zwei Herren in den so genannten besten Jahren, von glänzendem Aussehen und offenbar gut betucht, die niemals irgendwo Anschluss suchen. Ich habe sie gestern beobachtet, wie sie nach dem Dinner auf der Terrasse schweigend ihren Kaffee tranken. Kein Zweifel, sie langweilen sich. Aber sie langweilen sich mit so viel Würde, dass ich sie fast beneidet hätte.

V

Marjorie hat sich verliebt. Fürs Leben, wie sie sagt. In einen Knaben, den sie Curly nennt, weil er so einen wild gelockten Cäsarenkopf hat. Er ist schön, seine Nase ist einfach vollendet, und sein Blick hat jene gefasste Melancholie, die man oft bei Südländern findet. Leider ist er aus Stein. Eine Statue vor dem Hoteleingang.

Neues Lokal entdeckt: «Tony's». Es heißt natürlich ganz anders, aber der Barmann dort wird von allen Antonio genannt, spricht ein schwindelerregendes Englisch und ist ein wahrer Freund.

Sehr heiß draußen. Man muss sich wirklich in Acht nehmen vor der Sonne, muss jemanden haben, der einem den Rücken einölt. «Do you want me to do you?», fragt Joan immer. Und ist dann doch ein bisschen überrascht, als ich sie küsse – vor all den Leuten.

VI

Müssen gestern Abend ziemlich vergnügt nach Hause gekommen sein. Der Portier lächelt so vertraulich heute Mittag. Curly hat Marjories Sonnenhut auf und ihren Lippenstift an der Wange.

Ich erinnere mich nebelhaft, im «Andalusia» von einem englischen Copiloten, der Joan von früher kannte, zum Duell auf frisch gefüllte Sodasiphons gefordert worden zu sein, während die Kapelle irgendetwas Spanisches spielte und die Tänzer um uns herumstanden und im Chor «Olé» riefen.

Heute Nachmittag Stierkampf in Palma. Ich überlasse Joan ihrem unvermeidlichen Cointreau und Marjorie ihrem Kaffee. Die Weinflasche nehme ich mit. Im Zug nach Palma sind alle sehr aufgeregt und reden ohne Pause über die Matadore, die ziemlich berühmt sein sollen; aber nirgends kreisen die Weinschläuche. Ach, Hemingway, und ich habe mich so auf dich verlassen … Die Corrida überstehe ich mit Gefühlen, die zwischen Erregung, Abscheu, Faszination und literarischer Voreingenommenheit hin und her schwanken. Habe es eilig, wieder ins Hotel zu kommen.

Spät am Abend essen wir Langusten am Hafen. Das rückt alles zurecht. Ich möchte schwören, dass die Langusten von genau dorther kommen, wo Himmel und Meer sich berühren.

VII

Keine Worte.

Wenn ich tauche, rauscht und knistert das Meer, und oben, über den Wellen, summt monoton die Hitze. Manchmal erschrecke ich. Dann berührt Seegras meine Füße, oder Sand rieselt über meinen Arm.

Ein glühender Nachmittag. Nichts rührt sich, und doch geschieht alles. Am Abend erklettern Joan und ich die Steilküste, noch vor Sonnenuntergang.

Großes Schweigen. Nur das laute Liebeslied der Grillen und das gleichgültige Murmeln der Brandung. So müsste man lieben, schreibt Camus im Angesicht dieses Meeres, das fließt und doch dauert: flüchtig und treu.

Irgendwann habe ich sie dann doch gefragt: Ich nehme an, du bist verheiratet? Sie hat gelächelt und genickt und mich dann fragend angesehen. Ja, klar, ich bin es auch. Müssen wir darüber reden?

Nein, hat sie gesagt, nicht jetzt.

VIII

Bruch. Ganz hoch, ganz gerade, gischtgekrönt, so stürzt die Woge auf den Felsen, brüllend, sich verschleudernd an alle Winde. Schaum bleibt zurück, ein unruhiger Übergang, ein banges Getümmel von platzenden Blasen und flüssigem Staub. Denn die nächste Woge wird kommen.

Nach dem Abendessen gestern ein Anruf vom Flughafen Palma und die völlig unerwartete Nachricht, dass Joan noch einmal einspringen muss. Ihr Flug geht am anderen Morgen um halb sieben. Da sie mit der Besatzung fliegt, nicht als Passagier, muss sie zwei Stunden früher am Flughafen sein. Der Crew-Bus holt sie um vier Uhr früh vom Hotel ab.

Wir sind aufgeblieben, was sollten wir machen. Aber es war eine traurige Party. Aus dem «Andalusia» sind wir bald geflohen. Kein guter Platz für letzte Abende. Irgendwann sind die anderen dann schlafen gegangen, und wir beide haben auf der Terrasse stumm den Crew-Bus erwartet.

Ich habe Joan schließlich doch noch gesagt, dass ich nächste Woche auf einem Kongress in London sei. Und dass ich sie wiedersehen will. Sie hat gelächelt. Es ist aber besser, du rufst Marjorie an, hat sie gesagt, die wird mir dann Bescheid geben.

IX

Marjorie ist nach dem Lunch zusammen mit einer englischen Reisegesellschaft abgefahren. Harry und Violet mussten natürlich unbedingt noch Sekt spendieren vorher. Er war fad und überhaupt nicht gekühlt. Marjorie will, dass ich Curly zum Abschied eine rote Liftboykappe aus der Rezeption stehle. Ich habe es versprochen, und wir haben gelacht. Laut und gezwungen.

Jetzt bin ich todmüde, aber mein Zimmer ist wie eine Zelle. Ich kann nicht schlafen, ich sitze hier bei Tony, und er hat die Fundador-Flasche gleich vor mir stehen lassen.

Schon wieder eine Hochzeit im Hotel. Die Kapelle aus dem «Andalusia» ist dabei. Und natürlich spritzt der ganze Badestrand auf, um die Braut anfahren zu sehen. Jetzt spielen sie «Faszination». Ja – und dann wird die Glückliche jedes Jahr ein Kind kriegen und sich damit abfinden, dass ihr Mann sie betrügt.

Sonnenuntergang. Oben auf der Steilküste frage ich das Meer, warum man niemals zufrieden ist mit dem Gebührenden. Aber das Meer hat keine Antwort auf solche Fragen. Die Brandung tönt wie immer. Nada y pues nada y nada y pues nada.

X

Mehrere Palos heute vor dem Essen. Die Hitze verwischt allen Kummer. Nirgends Schatten. Das Dorf kocht, die Berge sind klar und ohne Gnade, voll geheimer Zerstörung. Der Himmel ist beinah weiß, die Sonne zerfließt, und das Meer ist nur noch ein metallischer Widerschein, bewegungslos. Gleich wird es sieden.

Ich liebe die Hitze. Ein Narr, der behauptet, dass sie drückend sei. Sie erleichtert das Leben. Sie gibt ihm zurück, was die Zivilisation genommen hat: Muße und Befreiung von den Zwecken. Welcher Sozialreformer, welcher Gesundheitsapostel könnte sich rühmen, solche Siege über die Anfechtungen der Zivilisation errungen zu haben wie die Hitze? Und was für eine Farce war doch der Kampf um die Vierzigstundenwoche gegenüber der gelassenen Despotie von vierzig Grad im Schatten!

Und ich liebe diese verglühende Dürre, diese felsgraue Weglosigkeit, dieses karge Grün, das den Steinen sein Leben abringt, dem Meer zugewandt, ausgeliefert an eine gewaltige Stille: Gärten des Trotzes. Hier ist die wahre Landschaft. Nur hier ist es dem Menschen erlaubt, glücklich zu sein, ohne Furcht vor dem Zorn der Götter.

XI

Start.

Immer wieder dieser Jubel beim Aufheulen der Motoren, diese bebende Erwartung beim Vorwärtsstürzen auf der Runway, diese Euphorie, wenn der Boden entschwindet. Ich fliege.

Schon als Kind habe ich mir nichts sehnlicher gewünscht, als dass ich ein Vöglein wär und auch zwei Flügel hätt. Weil's aber nicht kann sein, weil's aber nicht kann sein …

Wieso eigentlich nicht? Nächste Woche fliege ich nach London.

Ursula L. Voss

Blind Date in India

Nach dem Tod meines Hundes lebte ich ziemlich freudlos vor mich hin. Nicht, dass Melancholieanfälle mich heimsuchten oder letzte Sinnfragen mich quälten. Nein, ich arbeitete ganz einfach zu viel. Monatelang jagte eine Verpflichtung die nächste, konturenlos verstrich die Zeit. Das Vorgestern glich dem Heute aufs Haar und Morgen würde aussehen wie Gestern – wusste ich, wenn ich viel zu spät, ein bisschen dumpf im Kopf von Wein und TV-Berieselung, ins Bett fiel.

An einem Freitagabend im November – draußen ungemütlicher Nieselregen – entschied nicht das Tarot über mein weiteres Schicksal, sondern der dritte Rumgrog und ein Foto meines Hundes, das ich beim Herumkramen in alten Manuskripten fand. Mich traf der Blitz der Erkenntnis. Nein, für «Jascha» gab es keinen Ersatz. Ein neuer Mann musste her. Hatte nicht vor kurzem eine Kollegin ihre vorerst letzte berauschende Liebe über eine Anzeige in der «ZEIT» gefunden?

Warum nur sie?

Die Zeitung lag vor mir. Der Eingebung folgend, arbeitete ich mich bis zu den Kontaktanzeigen durch, überflog die vielzeiligen Männerwünsche (Girlies betreffend) und blieb beim zweiten Durchgang an einem winzigen Kästchen hängen. Ein «US professional of indian origin» wünschte, eine charmante Lady kennen zu lernen, lebhaft und intelligent. INDIAN origin – mein Gott, durchfuhr es mich, das konnte kein Zufall sein, das war Bestimmung! Seit mehr als zwanzig Jahren beschäftigten mich die Ureinwohner der beiden Amerikas, und fast hätte es bei einer Reise durch Venezuela eine Love Story mit einem WARE INDIANER gegeben. Ein veritabler Blackfeet, Sioux oder Cheyenne fehlte in meiner Sammlung exotisch-erotischer Abenteuer. Hoch motiviert schrieb ich gleich am nächsten Tag einen Brief, den ich mit einem – aus meiner Sicht – recht originellen Satz eröffnete: «Call me ‹Little Bear›, this is the meaning of my name (Ursula).» Kaum lag der Brief im Kasten, stellte sich heraus, dass meine ethnologische Anbiederung den Falschen getroffen hatte. Hinter Chiffre Z 21754 verbarg sich kein indian chief, sondern ein Inder mit amerikanischem Pass, denn Indianer hieße im Amerikanischen, belehrte mich Freundin Monika, RED oder AMERICAN INDIAN. Ich schämte mich ein bisschen und hakte die Sache ab. Zu früh.

Vierzehn Tage später lag ein Brief im Kasten.

«Vielleicht sind Sie jetzt enttäuscht», schrieb Chiffre Z 21754 auf rosarotem Papier, «ich glaube allerdings, dass der Abschied von Träumen die Tür öffnet für neue überraschende Lebenserfahrungen …» Wie weise! Ermutigender hätte es Crazy Horse oder Kicking Bear auch nicht formulieren können. Das beigefügte Passfoto? Eindeutig geschummelt. Möglicherweise hatte Doktor S., ein promovierter Psychologe, vor zwanzig Jahren so ausgesehen. (Auch damals hätte er mir nicht gefallen.) Aber spielt Schönheit im Alter eine Rolle? Ist es nicht wichtiger, einen zuverlässigen, humorvollen Partner an der Seite zu haben als einen eitlen, egozentrischen Beau? Und Humor schien der Mann zu haben.

Ich schrieb also zurück und erhielt ein neues Bild. Darauf zu sehen: ein kurzbeiniger Mann mit verrutschter Schirmmütze auf dem Kopf, viel zu kurzen Shorts und einem Buddha-Bauch. Der Inbegriff eines verwahrlosten Junggesellen. Es fielen die Würfel. Liebe – nein danke!!

Warum ich erneut antwortete, ist mir bis heute ein Rätsel. Möglicherweise machte mir das Warten auf eine Antwort aus Amerika Spaß. Ich spürte eine gewisse unruhige Gespanntheit. Sie belebte mich.

Die neue Offenbarung des Doktor S. aus Connecticut ließ

nicht lange auf sich warten. Er lud mich ein, ihn bei einer Reise durch Indien zu begleiten – drei Wochen lang. Auto und Fahrer stünden zur Verfügung. Nach eingehender Prüfung fand ich den Vorschlag ganz apart. Indien mit einem Landeskenner zu bereisen, das kam mir gelegen. Ein paar Wochen später saß ich im Flugzeug nach New Delhi. Im Gepäck nett gemeinte Abschiedsgeschenke von aufgeregten Freundinnen, darunter das Parfüm «Lotusblüte», ein Tantra-Buch mit dem Titel «Von der Verführung zur Ekstase» und ein unverschämt durchsichtiges Unterhöschen aus dem Hause Calvin Klein. Wichtiger als alle gut gemeinten Accessoires war das Angebot des Radio-Kollegen Michael, den ich in mein BLIND-DATE-ABENTEUER eingeweiht hatte. «Du kannst bei uns wohnen», hatte er kurz vor der Abreise gemailt, «wenn alles schief geht, hast du ein Dach über dem Kopf – auf jeden Fall eine Kontaktadresse.»

Und es ging schief, denn auf dem Flughafen war von Doktor S. aus Connecticut nichts zu sehen. Mit viel zu hohen Absätzen und müden Augen stakste ich erwartungsvoll durch die Reihen der Abholer – hinein ins Leere. Keine ausgestreckten Hände, kein «Little-Bear-Schild», kein aufgeregt winkender Mann mit Buddha-Bauch. Das Ende schon vor dem Anfang? Hatte Doktor S. mich eventuell von weitem gesehen und die Flucht ergriffen? Hatte er Angst vor der eigenen Courage bekommen und das Date gestrichen? Draußen brütige Hitze. Staub. Lärm. «Can I help you, madam?» Ich kämpfte mich, nun den Tränen nahe, durch Dutzende von ausgestreckten Männerarmen, knochigen Händen, die an meinem Seidenmantel zerrten und am Gepäck fingerten. Meine Stoßgebete blieben ungehört. Doktor S., der an jenem Tag sechzig Jahre alt wurde, hatte sich in der Ankunftszeit geirrt. Wir trafen uns Stunden später in der feudalen Notunterkunft des Kollegen Michael – unter Aufsicht der reizenden Gattin.

Nie werde ich den Moment vergessen, als Chiffre Z 21754

durch die Tür trat ... Ein Mann fast ohne Hals, mit den überdimensioniert breiten Schultern eines Baseballspielers, das Gesicht, rund und fleischig, von einer Schirmmütze beschattet – fast ganz verstellt von riesigen, dick geschliffenen Brillengläsern, hinter denen die Augen nur schemenhaft zu erkennen waren. Eine asiatische Ausgabe des Froschkönigs, durchfuhr es mich, als er mir mit fettigem Grinsen eine Blumenkette umhängte, die er blitzschnell aus völlig durchweichtem Zeitungspapier hervorgezogen hatte. «Oh, no», rief ich (schrill hätte das geklungen, sagte die Gastgeberin später), «die sollten Sie Ingrid schenken.» Und schon hatte ich mich von der Blütenpracht befreit. Die Gastgeberin rettete die Situation und übergab dem Hausdiener den Willkommensgruß. Die Weichen waren gestellt. Diese erste Beleidigung ging auf mein Konto.

Smalltalk beim Tee. Ich kann Doktor S. kaum ansehen, so hässlich finde ich ihn. Wie überspielt man Entsetzen? Mit Dreistigkeit. Ich greife nach seiner Mütze, weil ich Männer mit Schirmmützen nicht ausstehen kann. «Why are you wearing this terrible cap, doctor?» Im letzten Moment nimmt er sie selbst vom Kopf. Natürlich hat er eine Vollglatze. Auf der glatten Fläche haben sich Schweißperlen gesammelt. Draußen sind 28 Grad im Schatten. Mit einem Witz versucht er, die Schrecksekunden zu überspielen. «Wer vorne eine Glatze hat, denkt viel. Wer hinten eine hat, macht guten Sex. Wer vorne und hinten eine hat, denkt, dass er guten Sex macht.» Er lacht dröhnend. Wir Frauen sind nicht besonders amused.

Der Imbiss wird aufgetragen. Doktor S. isst den grünen Salat teilweise mit den Fingern. Er schmatzt, als er gierig die Suppe löffelt. Einmal fällt ihm ein Stück Weißbrot aus dem Mund. Er bekleckert den linken Ärmel seines dunkelblauen Blazers mit Salatsoße. Er rülpst und sagt jedes Mal ungerührt: «Sorry.»

Was ich zu diesem Zeitpunkt noch nicht weiß: Er empfindet Rülpsen als gesunde Reaktion des Körpers und glaubt, dass man krank wird, wenn man es unterdrückt. Auf meinen Einwand, dann seien alle Europäer sterbenskrank, reagiert er nicht. Außerdem liebt er es – auch damit muss ich mich später abfinden –, Schleim aus den tiefsten Untiefen seines fetten Leibes in die Mundhöhle zu pumpen und dann weiträumig auszuspeien. Am liebsten aus dem geöffneten Autofenster heraus. Schon nach dem ersten gemeinsamen Essen weiß ich: Diesen Froschkönig werde ich nie und nimmer in einen Prinzen verwandeln … Unmöglich, mit diesem rülpsenden Monster auf Reisen zu gehen, ein Bett oder ein Bad zu teilen. Mir bricht bei diesem Gedanken noch heute der Schweiß aus.

Michael und Ingrid trösten mich. Ganz so eklig sei er nun auch wieder nicht. Er hätte zumindest ein nettes Lachen und sei bestimmt nicht dumm. Aber in meiner Haut stecken möchte sie nicht, sagt Ingrid.

Drei Tage will Doktor S. mir Delhi zeigen, dann soll es weitergehen nach Agra zum Taj Mahal, zu den erotischen Tempeln von Khajuraho und nach Jaipur. Danach in die Berge, den Vorhimalaya. Drei Tage also, in denen mir Zeit bleibt, mich endgültig für oder gegen die gemeinsame Reise zu entscheiden. Den Ausschlag gibt der jugendliche Fahrer Radju. Er hat ein hübsches Gaunergesicht, und wenn es mir gelänge, das Monster neben dem Fahrer zu positionieren, hätte ich auf den Rücksitzen genügend Raum und Ruhe. Übergriffe unmöglich.

Am zweiten Tag wagt Doktor S. am Abend eine Gute-Nacht-Umarmung und behauptet, er sei auf dem Weg, sich an die Situation zu gewöhnen. Von mir verlangt er Gott sei Dank keine Stellungnahme. Ich warte auf ein Zeichen des Himmels: Eine Darminfektion könnte mich retten oder ein Fax, das ihn in die USA zurückbeordert. Ich bin innerlich still wie nie zuvor und horche stündlich in mich hinein. Was soll ich tun? «Löffele aus, was du dir eingebrockt hast», sagt mein Über-Ich. «Abbrechen ist feige. Die Geschichte braucht ein Ende.»

Als wir im Auto sitzen und in Richtung Agra fahren – ich habe es wirklich geschafft, hinter ihm zu sitzen –, macht Doktor S. Pläne. «Heute wirst du noch einmal alleine im Hotel schlafen, weil ich in Agra bei einem Freund übernachte, den ich lange nicht gesehen habe, ab übermorgen werden wir uns dann ein Zimmer teilen.» Ich verzog keine Miene. Übermorgen war noch weit weg. «Wenn du denkst, es geht nicht mehr, kommt von irgendwo ein Lichtlein her», hatte meine Mutter mit mir früher gebetet. Ich setzte auf meine Intuition.

Doktor S. betrachtete mich inzwischen offenbar als ernst zu nehmende Kandidatin im Findungsspiel. Er begann, Wissensfragen zu stellen, und nach einem längeren Vortrag über die Selbstmordrate bei US-Amerikanern mit High-School-Abschluss prüfte er meine Qualitäten als Zuhörerin. «Hast du verstanden, was ich dir eben erzählt habe?», fragte er plötzlich, die Statistik-Suada unterbrechend.

«Ja, selbstverständlich», log ich. Natürlich hatte ich nicht zugehört, sondern über die ersten zarten Annäherungsversuche Radjus nachgedacht. «Dann wiederhole, was ich gesagt habe.» Scharf und wütend klang das. Die erste Krise bahnte sich an. Würde die Reise schon vor der Ankunft in Agra zu Ende sein?

«Ich bin nicht deine Schülerin», antwortete ich tapfer und mit fester Stimme. «Ich werde deinen Statistik-Quatsch nicht wiederholen. Das ist Müll für meine Ohren.» Er nahm die Brille ab, blickte mich mit toten Augen an – eine schwere Augenerkrankung würde bald zur Erblindung führen, hatte er mir erzählt –, murmelte etwas von Zeitverschwendung und schwieg beleidigt.

Die Rache des Experten folgte tags darauf. «Hast du orthopädische Probleme?», fragte er sanft, aber irgendwie heimtückisch bei der Besichtigung des Roten Forts in Agra. «Auf keinen Fall», lachte ich ihn an, war dann aber doch ein wenig verunsichert. Spielte er auf meine Hühneraugen an, die er offenbar bei der Besichtigung des Lotus-Tempels in Delhi entdeckt hatte, oder auf meinen Hammerzeh am linken Fuß? «Du ziehst ein Bein so verdächtig nach, du hinkst», ließ er die Katze aus dem Sack.

Das Monster, inzwischen als Geizhals und Rassist enttarnt (nicht einmal eine schöne Seele hatte er), wurde also frech. Er brauchte dringend einen Dämpfer. Die Gelegenheit ergab sich Stunden später im Hause seines Freundes Giri. Eindrucksvoll der weißgraue, brustlange Bart des 66-Jährigen, diese fiebrig glänzenden schwarzbraunen Augen. Giri – ein Dichter, in der Nachfolge Oshos. Noch von ihm geweiht. In weinrot wallender Baumwollkutte trägt der Dichter singend seine Poeme vor, untermalt die Verse über Lust, Betrug und Eifersucht mit ausdrucksstarken Gebärden. Dann spricht er. Rhythmisierte Wortkaskaden zerschneiden die stickige Luft.

Der Froschkönig sitzt mit übereinander geschlagenen Beinen auf dem Boden, neben ihm Radju, der Fahrer. Beide hängen an den Lippen des Dichters. Sie klatschen, stöhnen auf, kichern im Gleichklang. Ich fühle mich ausgeschlossen und beginne, aus purer Langeweile, mein Spiel mit dem Dichter. Es geht nur über die Augen, denke ich und schleudere leuchtende Blicke (oder das, was ich dafür halte) in Richtung des wortgewaltigen Inders. Giri, der einst Banker war, funkelt zurück. Der Froschkönig scheint nichts zu bemerken. Eigentlich schade. Ein Hauch von Sinnlichkeit mischt sich in den Geruch von Männerschweiß und Räucherstäbchen.

Später erklärt mir der Dichter die LIEBE. Liebe sei geben, geben, geben – ohne je zu fragen, was bekomme ich zurück? Das kommt mir sehr vertraut und nicht unbedingt asiatisch vor. Beim Abschied schenkt mir der Dichter einen Namen: URVASHI. Urvashi, die Lieblingskonkubine des Gottes Indra. Die charmanteste unter seinen drei Geliebten. «Wo finde ich Indra?» Meine Frage ist eindeutig. «Du musst ihn suchen», sagt

Giri und hält mir die zusammengepressten Handflächen vor das Gesicht. «Namaste. Wir werden uns wiedersehen. Und vergiss unser Geheimnis nicht. Nur ich darf dich Urvashi nennen. I will touch you through your shadow ...»

Das hatte verdammt gut geklungen, dachte ich vor dem Einschlafen. So schön mystisch und kitschig kann Indien also sein ... War die Begegnung mit Giri das erhoffte Zeichen des Himmels? Sollte ich in Agra bleiben und bis zum Rückflug mit dem verwitweten Dichter allmorgendlich auf der Dachterrasse seines Hauses den Sonnenaufgang erleben – meditierend natürlich, Hindi lernen und das Geben-geben-geben üben? Ich entschied mich dagegen. Inzwischen war ich neugierig, wie die Geschichte mit Doktor S. enden würde.

Der wurde von Tag zu Tag sensibler. Jede kleine ironische Bemerkung meinerseits führte bei ihm zu Bitternis. «Do you want to hurt me?», sagte er dann und spie aus. Nein, verletzen wollte ich ihn natürlich nicht, nur die erste gemeinsame Hotelzimmer-Nacht verhindern. Die sollte in Khajuraho stattfinden, dem Zentrum der erotischen Hochkultur. Die Tempel von Khajuraho, berühmt wegen der in Stein gehauenen Gruppensex-Szenen – über tausend Jahre alte Männerphantasien. Perfektes Timing des listigen Doktors. Wie es mir gelang, seine Pläne zu durchkreuzen, ist eine Geschichte für sich. Auf jeden Fall bezogen wir im Ashok Hotel die Zimmer Nr. 19 und Nr. 20. Er trug es gefasst, aber der Psycho-Crash war nicht mehr aufzuhalten.

Beim Mittagessen im schönsten vorsommerlichen Ambiente fragte ich an, ob Radju mich nach dem Essen in ein 3 km entferntes Hotel fahren könnte, dort würden Massagen angeboten. «Nein», sagte der Froschkönig streng, «das ist nicht nötig. ICH kann dich massieren.» – «Aber Marendra», antwortete ich so einschmeichelnd wie möglich, «du bist Psychologe und kein Masseur.» Er hielt unbeirrbar an seiner Wunschvorstellung fest. «Alle Inder können massieren. Jeder Mensch kann massieren. Ich massiere dich, und du massierst mich.» Fast ein Heiratsantrag. Ich stand mit dem Rücken zur Wand. Seine staksigen Beine berühren, die Fettpolster im Nacken beklopfen, den Buddha-Bauch kneten, und vielleicht sollte ich ihm auch die Glatze küssen? Nie und nimmer. Lieber wollte ich zu Fuß nach New Delhi zurücklaufen.

Ich legte Messer und Gabel aus der Hand, richtete mich auf wie eine Königskobra und schleuderte ihm dann den unvergesslichen Satz entgegen: «You will never see my old body naked!» Das klang nicht gerade akademisch würdig, in diesem Moment aber zählte nur die Botschaft. Weiterhin kerzengerade vor ihm sitzend erwartete ich den Gegenschlag. Nie hatte das Monster in den vorausgegangenen sechs Tagen die Fassung verloren, immer war Doktor S. sachlich geblieben und einigermaßen höflich. Jetzt blickte er kalt, eiskalt, und dann brach ein unendlicher Strom von Gemeinheiten aus ihm heraus, die ich – Gott sei es gedankt – nur zum Teil verstand. Es trug ihn davon, er hatte die Kontrolle verloren. Ich sei eine infame Betrügerin, keuchte er. Ich hätte ihm seine Zeit gestohlen. Warum, warum hätte ich mich überhaupt auf die gemeinsame Reise eingelassen?

Was sollte ich sagen? Aus Abenteuerlust? Aus Spieltrieb? Süchtig nach Geschichten, die das Leben schreibt? Es wäre die Wahrheit gewesen. Stattdessen gelang mir der zweite unvergessliche Satz: «But Narendra, I never promised you a rosegarden!» Und in sein Staunen hinein erklärte ich, schneller und schneller redend, meine Strategie der drei Optionen. Option A: Liebe auf den ersten Blick – nicht eingetreten. Option B: Abbruch der Reise in tiefster indischer Provinz, stünde jetzt offenbar bevor, und Option C: Wir schließen Freundschaft, und ich suche ihm, zurück in Deutschland, eine zu ihm passende Frau. Bei Option C angekommen, gelang es mir sogar, ein wenig Wasser in die Augen zu zaubern.

Schweigen. Ich sah an ihm vorbei, er durch mich hindurch. Wir verzichteten auf das Dessert, zahlten. Beim Hinausgehen klopfte er mir plötzlich kumpelhaft auf die Schulter. «You are really a character and a half. You are really strong. I am impressed.» Und ich war sekundenlang verwirrt. Mit dieser Reaktion hatte ich nicht gerechnet. War er möglicherweise sogar erleichtert, dass ich ausgesprochen hatte, was er schon lange wusste? War er eventuell doch ein anderer als der, den ich bisher kennen gelernt hatte? Kein herzloser Neokapitalist, Besserwisser, mitleidloser Rassist, egomanischer Patriarch? Seine Haltung ermutigte mich, eine umgehende Rückkehr nach Delhi vorzuschlagen. Damit war auch der Vorhimalaya gestrichen. Er hatte nichts dagegen.

Aber die Sache wurde nach dieser «Stunde der Wahrheit» nicht einfacher. Ganz im Gegenteil. Fortan genehmigte sich Doktor S. allabendlich zu viel Whiskey, wie mir schien. Er saß mir gegenüber und starrte in die Ferne, brachte keinen Satz mehr zu Ende und kaute wie ein kleiner Junge an den Fingernägeln. Während ich, je näher der Moment des Abschieds rückte, heiterer, geistreicher und charmanter wurde. Die Einfahrt nach Delhi erlebte Doktor S. auf dem Rücksitz unseres Landrovers. Ihm war übel. Der Mann, nach zehn Tagen gemeinsamer Reise ein Schatten seiner selbst, war k.o.

Einige Tage später lud ich ihn noch einmal zum Essen ein – ein später Dank für die Zeit, die ich ihm geraubt hatte. Er zeigte sich gut erholt, kam ohne Schirmmütze, spuckte und rülpste nicht. Wir schieden ohne Trauer.

«Vergiss nicht, dass du mir versprochen hast, eine Frau für mich zu finden», rief er mir aus dem anfahrenden Auto zu. «Du weißt ja, wie sie sein sollte: charmant, lebhaft und intelligent.»

Seither haben wir nichts mehr voneinander gehört. Aber von Giri kam drei Monate später ein poetischer Brief. Ob ich inzwischen Indra begegnet sei?

Nein, Giri, bin ich bis heute nicht. Aber ich habe ihn auch nicht gesucht. Allerdings werde ich mir nun doch wieder einen Hund anschaffen. Jascha wird es mir verzeihen.

Ludwig Hirt

Liebe und Geld

Kommen wir auf das Wichtigste
zu schweigen:
die Liebe,
wie sie tritt auf die Lichtung,
abends.

Wenn das Geld noch
im Unterholz
scheu wie ein Reh
und fröstelnd verharrt,
kommt sie ins Freie.

Ein Wild,
dessen Fell voller Narben
und besonders bedürftig
der täglichen Atzung,
die es sich nimmt,
gegen den Wind,
abwartenden Auges,
mit blühender Lippe,
dabei auf dem Sprung.

Die Liebe:
ein unzähmbares Wild,
die springt durch den Reifen,
wenn sie nur will,
und wird zur Beute
dem nachtdunklen Jäger
in Kürze.

Ralph Giordano

Der Wombat

Es waren die unproportioniert riesigen, schräg nach oben geschlitzten Nasenlöcher, die meinen Blick bannten, auf der Titelseite einer Berliner Abendzeitung in der zweiten Hälfte der siebziger Jahre, ein Foto aus dem dortigen Zoo. Zu Füßen eines hageren, streng dreinschauenden Wärters ein wolliges, tief unbeholfen wirkendes und sehr gedrungenes Tier, wie ich es nie zuvor gesehen hatte. Eine Fellrolle von vielleicht einem Meter Länge bei gut fünfundzwanzig Zentimetern Höhe war das, von bestürzend unfertigem Aussehen (als hätte die Natur nach der Feststellung, dass ihr dieses Modell total misslungen war, auf halbem Weg Halt gemacht), mit fester Bodenhaftung, erstaunlich wachem Blick hoch zur Kamera und grell angeleuchtet:

Der Wombat!

So prangte es über dem Foto und im Text daneben, ein Name, den ich ebenfalls noch nie gehört hatte, der mich aber von Anfang an begeisterte und sich überzeugend deckte mit dem umwerfenden Anblick, der sich da bot.

Auch hier wieder: Liebe auf den ersten Blick, wenngleich zunächst völlig einseitig. Eben dabei, lautete die Selbstverpflichtung, durfte es nicht bleiben.

Und so geschah am nächsten Morgen, was es bis dahin in meinem nachschulischen Leben kein einziges Mal gegeben hatte: Ich schwänzte die Arbeit. Was an diesem Tag bedeutete, dass ich pflichtverletzend nicht zum Schnitttermin in den zehnten Stock des *Senders Freies Berlin* am Theodor-Heuss-Platz kam, sondern die Cutterin von meiner nahen Unterkunft in der Kastanienallee zwischen Reichs- und Heerstraße anrief und wissen ließ: Ich müsse zum Zoo, unverzüglich, und was mich dahin zwinge, sei eine Art höherer Gewalt namens Wombat –«womit wohl alles gesagt ist».

Wieso eigentlich? Wie kam ich damals zu dieser Annahme?

Heute, da ich den Tatbestand rekonstruiere, kommen mir starke Zweifel, ob die Kollegin wirklich begriffen hatte, worum es ging, angesichts der sibyllinischen Erklärung, die ich ihr als Grund meines Ausbleibens gab. Denn obwohl der Anruf inzwischen gut zwanzig Jahre her ist, habe ich immer noch schmerzlich das beredte Schweigen der Cutterin auf meine Mitteilung im Ohr, ehe ihr ein tonloses, dafür jedoch lang gedehntes «Na dann …» entfuhr.

Damals jagte mir ihre Reaktion kalte Schauder den Rücken hinunter, weil sie nur zwei gleichermaßen befremdliche Schlüsse zuließ: Entweder kannte die Kollegin das überwältigende Foto auf der gestrigen Titelseite der Abendzeitung nicht (was schon schlimm genug gewesen wäre), oder aber (noch weit schlimmer, ja, kaum vorstellbar) sie kannte es, aber *der Wombat* war ihr dennoch völlig schnuppe.

«Na dann …!»

Davon durchaus angeschlagen und eine halbe Stunde zu früh vor den Toren des Berliner Zoos, brauchte ich, nachdem sie geöffnet worden waren, nicht lange zu suchen. Im knappen

Begleittext zum Foto in der Zeitung war der Platz genau beschrieben worden, sodass ich bald an jener Stelle stand, wo mein sehnlicher Wunsch in Erfüllung gehen sollte: nämlich zum ersten Mal in meinem Leben leibhaftig ein Tier zu erblicken, von dessen Existenz ich zwar erst seit zwölf Stunden wusste, das mir aber trotzdem so vertraut vorkam, als hätte ich es seit der Kindheit gekannt.

Nur – in dem ziemlich schmalen, grobmaschig vergitterten Käfig vor mir tat sich nichts, war nichts zu sehen als körniger Boden und Grasbüschel, ein dichter Vorhang, der jeden Blick verschloss – vom Wombat also keine Spur.

Sprachlos vor Enttäuschung, muss ich lange davor verweilt haben, bis ich die Nähe eines Menschen spürte. Als ich aufsah, blickte ich in die Augen jenes hageren, streng dreinschauenden Wärters, den ich bereits vom Foto kannte, der nun aber noch strenger wirkte und mich in einem Tonfall scheinheiliger Höflichkeit fragte: «Darf ich wissen, worauf Sie warten?»

Worauf? Hier, wo neben einigen sparsamen Zeilen über seine australische Herkunft unübersehbar *«Wombat (Vombatus ursinus)»* stand, diese Frage? Konnte man es ärger treiben? Und so entquoll mir denn, ohne meine Verblüffung verbergen zu können: «Auf wen? Natürlich auf *ihn*!»

Die Wirkung meiner Worte ist schwer zu schildern.

Wenn ich schon vorher den Eindruck gehabt hatte, dass ein so früher Zoobesucher in den Augen des Wärters nur der entsprungene Insasse einer psychiatrischen Anstalt sein konnte, so schien meine unverblümte Eröffnung ihm nun noch weit schlimmere Befürchtungen zu bestätigen. Er trat vorsichtig drei Schritte zurück und sagte dann, mit der charakteristischen Nachsicht des Fachmanns gegenüber dem ignoranten Laien: «Sie warten völlig umsonst. Wombats sind *nachtaktive* Tiere, die tagsüber versteckt bleiben, und dieser eine, der einzige, den wir haben, der ist *besonders* nachtaktiv.»

Sprach's und schritt mit allen Anzeichen triumphierender Genugtuung davon, ohne dass ich verstehen konnte, was er noch dabei vor sich hin murmelte. Dass es mir galt und nicht gerade schmeichelhaft war, konnte ich an der überlegenen Miene erkennen, mit der er kopfschüttelnd den Ort verließ.

Was nun tun? Sich geschlagen geben, umkehren, sich unverrichteter Dinge davonstehlen, ohne auch nur einen Blick erhascht zu haben vom Vombatus ursinus, dem *Nacktnasenwombat* (denn um einen solchen handelte es sich)? Oder versuchen, ihn zu becircen und zu locken, ihn anzuflehen, ja, es bis zur Bettelei zu treiben, nur dass er sich zeige und der Erdball sich zufrieden weiter drehen könne?

Also schnalzte und lockte ich denn, bis mir Zunge und Lippenmuskeln versagen wollten, flehte und bettelte ich, was die Stimmbänder hergaben. Wobei ich mich an ambivalente Gefühle erinnerte. Einerseits eigentlich froh darüber, dass zu so früher Stunde außer mir kein Besucher hier war, fühlte ich mich andererseits aber auch irritiert, dass niemand sonst von den mehr als zwei Millionen Menschen Westberlins nach dem sensationellen Foto von gestern Abend auf die gleiche Idee verfallen war wie ich, nämlich hier aufzukreuzen, um dem Wombat seine Reverenz zu erweisen.

Zugegeben, dass sich der Aufwand bisher nicht gelohnt hatte, die hohe Erwartung nicht honoriert worden und, je länger die Erfüllung ausblieb, die Ungeduld umso stärker geworden war.

Denn trostloserweise regte sich in dem Gräsergewirr am Ende des Käfigs, dort, wo der Wombat ja zweifellos steckte, nicht das Geringste.

Zu allem Frust tauchte wieder und wieder der Wärter auf, in unregelmäßigen Abständen zwar, aber mit unverhüllter Schadenfreude. Wobei er ein Gebaren zeigte, als könnte er das, was er da vor dem Käfig gewahrte, einfach nicht glauben, bevor er sich aufs Neue, kopfschüttelnd und irgendetwas Unverständliches vor sich hin brabbelnd, davonmachte.

Aber dann, gerade als der Wärter verschwunden war und ich meine inzwischen immer stoßatmigeren Versuche, den begehrten Wombat hervorzulocken, aufs Neue aufgenommen hatte, bewegte sich plötzlich etwas im strähnigen Vorhang des Käfigs, rauschte es dort leise, schälte sich daraus mit nervtötender Langsamkeit etwas hervor, das nichts anderes sein konnte als der Wombat – wenngleich zunächst mit dem Hinterteil voran!

Natürlich konnte das nur die Ouvertüre sein, das Vorspiel, nach dem der Wombat sich umdrehen und wahr machen würde, worauf es in dieser Stunde der Wahrheit ankam: auf die Auge-in-Auge-Begegnung!

Doch dazu kam es nicht. Vielmehr verharrte der Wombat eine Weile in seiner höchst unbefriedigenden Position, das Vorderteil noch versteckt in der Grashöhle, ehe er sich zu meiner nicht mehr messbaren Enttäuschung mit der gleichen Trägheit, mit der er hervorgekrochen war, nun auch wieder zurückzog und so restlos hinter dem grünen Vorhang verschwand, als wäre er niemals daraus erschienen.

Dennoch außer mir über den Teilerfolg, rief ich, sobald der Wärter wieder erschien, laut aus: «Ich habe ihn gesehen, er ist hervorgekommen, wenn auch nur zur Hälfte und von hinten, aber ich habe ihn gesehen, den Nachtaktiven – am Tage!»

Die Haltung, die der Mann daraufhin einnahm, darf ohne Übertreibung *gefährlich* genannt werden. Es war, als hätte er einen Hieb bekommen und schickte sich nun an, rabiat zu werden. Denn er machte einen Schritt auf mich zu, stoppte dann aber, ließ den Eimer aus der Hand fallen und bedachte mich mit einem Blick, der wortlos enthüllte, was er von mir hielt: «Also nicht nur ein Verrückter, sondern ein Schwindler noch obendrein!»

Dann trat er ab wie einer, der den Drang zu unkontrollierter

Gewalttätigkeit gegen den Übeltäter wegen Verhohnepipelung seiner Person nur durch rasche Flucht besiegen konnte.

Ich hatte ihn nicht überzeugt, war selbst jedoch auch nicht ans Ziel meiner Wünsche gelangt. Aber irgendwann erlahmt auch die stärkste Sehnsucht, und so blieb mir nichts, als den geordneten Rückzug in den Schneideraum anzutreten.

Dort muss ich, authentischen Zeugenberichten nach, trübselig darüber gebrütet haben, was zu tun sei, damit es doch noch zu einer *echten* Begegnung zwischen dem Wombat und mir käme.

Tiraden, die die bedauernswerte Cutterin mit einer Geduld über sich ergehen ließ, die ich nachträglich nur als übermenschlich bezeichnen kann, zumal der Vorschlag, es ruhig noch einmal zu versuchen, von ihr kam.

Derart von höchster Stelle legitimiert, suchte ich am nächsten Morgen guten Gewissens und nun in Kenntnis der richtigen Öffnungszeit abermals den Zoo auf, hockte mich vor dem Käfig hin und begann wieder zu schnalzen, zu gurren, zu turteln und zu keckern. Lang gezogen waren die Töne, die ich aus mir herausholte, und ziemlich hoch auch, doch all das diesmal in Gegenwart einer älteren Dame, die neugierig hinzugetreten war und damit eine bemerkenswerte Fähigkeit offenbarte, akustische Strapazen zu ertragen. Sie blieb auch, als ich nicht aufhörte, zu knurren, zu grunzen und zu röhren, mal näher, mal weiter weg vom grobmaschigen Gitter, hinter dem irgendwo unsichtbar der Wombat lagern musste, und sie harrte sogar auch dann noch aus, als ich mit großer Geduld gegen die Verschalung des hölzernen Käfigs klopfte.

Diese Verzweiflungstat wurde jäh dadurch unterbrochen, dass der Wärter erschien und mir mit einer cäsarischen Armbewegung Einhalt gebot. Nun aber durch noch ostentativeren Abstand als gestern schon unmissverständlich demonstrierend, dass er mich für einen Geisteskranken hielt, vor dessen bedrohlicher Nähe jedermann gewarnt werden sollte.

Anders jedenfalls waren seine versteckten Gesten an die ältere Dame, wortlose Aufforderung, sich der Risikozone möglichst rasch zu entziehen, nicht zu deuten – allerdings ohne dass seine pantomimischen Signale von der mittlerweile offenbar ebenfalls stark wombatengagierten Besucherin angenommen worden wären.

Und sie sollte sich lohnen, unsere doppelte Ausdauer!

Denn nach etwa einer Stunde weiterer Knurr- und Grunztöne, nach gut sechzig Minuten des Lockens, Flehens und Bettelns in hohen und in tiefen Tönen, geschah das Unglaubliche.

Wieder teilte sich, wie gestern, die gräserne Wand, und der Wombat kam heraus, aber diesmal mit dem dicken Kopf voran, frontal, in ganzer Gestalt! Langsam, sehr langsam, doch näher und näher, trat er heran, beide Augen starr gerichtet auf mich, der mit dem Gesicht ganz eng an das Gitter gerückt war. Da atmete er wahrhaftig vor mir, der Wombat, schwer, rund, wollig, stark riechend und – phantastisch! – mit den unproportioniert riesigen, schräg nach oben geschlitzten Nasenlöchern nur wenige Zentimeter von meinem Riecher entfernt.

Und ich bleibe ganz bei der Wahrheit, wenn ich sage, dass diese Fastberührung eine ordentliche Weile angedauert hat, dass der Wombat mich bei diesem Tête-à-tête fest musterte und erst nach ausgiebigem Schnuppern in meiner Richtung mit komischem Rückwärtsgang wieder hinter dem gräsernen Vorhang verschwand.

Ich hätte es, offen gesagt, gern noch ein bisschen länger gehabt, aber das Unerhörte war geschehen. Der Wombat im Berliner Zoo hatte das Gesetz seiner *nachtaktiven* Gattung übertreten und eine äonenalte Gewohnheit respektlos durchbrochen, um meinetwillen – es konnte nicht wahr sein!

Da es jedoch schmerzte, als ich mich, einer alten biographischen Tradition folgend, in den Arm kniff, um zu ergründen, ob ich wachte oder träumte, hatte sich die Begegnung tatsächlich so abgespielt, wie ich sie hier schildere, ganz abgesehen davon, dass mir die anerkennende Miene, mit der die alte Dame meine Ausdauer und meinen Erfolg belohnte, unvergesslich geblieben ist.

Aber hätte ich das Erlebnis doch nur für mich behalten, es schweigend ausgekostet und in Ruhe genossen. Stattdessen tat ich das Verkehrteste, was an diesem Ort geschehen konnte. Denn als der Wärter, zwei Minuten später, mit Eimer und Schaufel hinzutrat, rief ich ihm, ungeachtet meiner gestrigen und heutigen Erfahrungen, in freudiger Erregung zu: «Ich hab's geschafft, er ist nach vorn gekommen, der *nachtaktive Wombat*, aus seinem dunklen Verlies, und das am helllichten Tag!»

Si tacuisses, philosophus mansisses …

Ja, hätte ich doch nur, wie ein Philosoph, den Mund gehalten.

So aber machte der Wärter einen Satz, wie einer, dem Beelzebub über den Weg gelaufen ist, wobei er den Mund öffnete, als wollte er etwas sagen, ohne dass ihm jedoch vor Entsetzen oder Wut anderes als heiße Luft entströmte – ein Bild zum Fürchten.

Selbst das bestätigende Nicken der alten Dame konnte den Wärter nicht eines Besseren belehren. Er blieb dabei, dass mit der Behauptung, der *Nachtaktive* sei ans Tageslicht gekrochen und habe sich dazu noch Nase an Nase mit mir ergötzt, sich ein unverbesserlicher Hochstapler in den Berliner Zoo eingeschlichen hatte.

Nein, ich habe ihn nicht überzeugen können und ihm und mir weitere Begegnungen dann auch erspart.

Dabei hat die Sache eine ironische Pointe – nämlich seinen und meinen Irrtum, *Nachtaktivität* bedeute, dass sich Wombats tagsüber, also im Hellen, gar nicht blicken ließen, sondern nur zwischen Abend- und Morgendämmerung aus ihrem Versteck kämen.

Dass das so nicht stimmt, dass dort im Berliner Zoo vor zwanzig Jahren der Wärter und ich dem gleichen Irrglauben verfallen waren, das sollte mir erst lange danach aufgehen.

Überhaupt hatte ich nach der elementaren Begegnung noch viel, sehr viel zu lernen.

Seitdem ist meine Neugierde auf alles, was mit Wombats zu tun hat, unstillbar. Freunde, Bekannte, Kolleginnen und Kollegen wissen davon und verwöhnen mich, wo immer es geht. Mir wird Literatur über Wombats zugeschickt, ich werde auf Artikel in der Presse aufmerksam gemacht, und wenn das Fernsehen über Wombats berichtet, werde ich früh darüber informiert, um mir alles andere vom Halse zu halten.

Erste Bekanntschaft mit ihnen machten Europäer im Jahre 1797.

Damals war die britische «Sidney Cove» südwestlich von Flinders Island, in der Bass-Straße zwischen dem australischen Festland und Tasmanien, auf Grund gelaufen. Die Mannschaft konnte sich auf eine der zahlreichen Inseln der Meerenge retten, wo sie auf seltsam plumpe Tiere stieß, die sich mühelos erlegen ließen und die Seeleute so mit ihrem Fleisch vor dem Hungertod bewahrten.

Als die Männer endlich von einem anderen Schiff entdeckt und aufgenommen wurden, nahmen sie eines dieser drolligen Tiere lebend mit, das aber schon nach einigen Wochen starb und England nur als Spirituspräparat erreichte. Damals schrieb der britische Botaniker Joseph Banks: «Das Tier hat etwa die Größe eines Dachses, und wir nehmen an, dass es zu dieser Art gehört, da es mit seinen Vorderpfoten geschickt im Boden gräbt.»

Das hatten auch die Schiffbrüchigen der «Sidney Cove» gedacht und das Tier deshalb «native badger» genannt – einheimischer Dachs.

Aber nicht nur sie und der Biologe waren diesem Irrtum aufgesessen, sondern auch jener seefahrende Anonymus, der ein Jahr später, am 26. Januar 1798, vor der Südostküste Australiens geschrieben hatte: «Das Tier ist etwa zwanzig Inches hoch mit kurzen Beinen, hat einen dicken Körper, einen großen Kopf, runde Ohren, sehr kleine Augen und Ähnlichkeit mit einem Dachs.»

Doch weit gefehlt, dass hier Verwandtschaft mit jener Gattung der Marder bestünde, ungeachtet der Tatsache, dass auch Dachse plumpe Sohlengänger sind, kurzbeinig und kurzschwänzig, dass sie wie Wombats schmale Augen und kleine Ohren haben und dazu an den Vorderfüßen kräftige Grabkrallen, mit denen sie in der Erde wühlen.

Beim Wombat haben wir es vielmehr mit einer der rund zweihundertfünfzig Arten der *Beuteltiere zu* tun, deren Entwicklungsgeschichte bis in die ausgehende Kreidezeit, also noch in die Endepoche der Saurier, zurückreicht und Kreaturen von großer Formenfülle hervorgebracht hat – laufende, springende, kletternde, Pflanzen und Fleisch fressende. Verbreitet auf Celebes, Timor, Neuguinea, Tasmanien und dem australischen Festland, ergab sich in dieser Ecke der südwestpazifischen Anrainer nach der Unterbrechung der Landverbindung zu Asien und Südamerika vor etwa sechzig Millionen Jahren ein von äußeren Einflüssen so gut wie unberührter Evolutionsprozess, der den fünften Kontinent längst zu einer Sonderregion der internationalen Säugetierforschung gemacht hat.

Hier hat im Pleistozän, vor mehr als 25 000 Jahren, das Diprotodon gelebt, ein rhinozerosgroßer, Gras fressender Riesenbeutler, der zwar mit der Austrocknung des australischen Kontinents ausstarb und nicht zu den eigentlichen Plumpbeutlern zählt, aber dennoch ein gewaltiger Verwandter der Wombats ist.

Was immer vom Wombat zu erfahren war, ich gierte danach und schrieb es mir auf.

So etwa, dass sie zwanzig bis fünfundzwanzig Kilogramm schwer werden, fünf kurze Zehen, ein entwickeltes Gehirn und ein Fell von gelber, grauer oder schwarzbrauner Tönung haben. Dass es den *Haarnasen-* oder *Breitstirnwombat* und den *Nacktnasenwombat* gibt, die beiden einzigen Gattungen, die erste mehr berg- und waldbewohnend, die zweite lieber im küstenfernen Hinterland lebend; dass sich erfreulicherweise aber ein *tasmanischer Nacktnasenwombat* mit einem weiblichen *Südlichen Haarnasenwombat* paaren kann und es auch noch, um das Ergötzen voll zu machen, einen *Nördlichen Haarnasenwombat* gibt.

Vollendet an ihre natürliche Umgebung angepasst, sind Wombats unermüdliche Wühler, mit unterirdischen Gängen von achthundert Metern Länge und bis zu achtzig Zentimetern Breite, ganze Kolonien, die sie sorgfältig mit Gras und Baumrinde auspolstern. Sie nähren sich rein vegetarisch, von Gräsern, Wurzeln und Pilzen, bringen stets nur ein Junges zur Welt, das in einem Beutel des Weibchens steckt, der nach hinten gerichtet ist, sodass beim Graben der Kinderhort nicht voll geschaufelt wird.

Bedarf es einer Erwähnung, dass auch diese Tierart vom Aussterben bedroht ist? Aber das nicht durch ihre natürlichen Feinde, Beutelwolf und Dingo, Australiens verwilderten Haushund, und auch nicht durch die Ureinwohner, die Aborigines, die den Bestand nie gefährdet haben. Wombats sind von weißen Jägern und Farmern buchstäblich wie die Hasen abgeschossen worden, unter Auszahlung von Prämien. Mag sein, dass Pferde und Vieh mit ihren Beinen hier und da in dicht unter der Oberfläche liegende Erdhöhlen der Wombats eingebrochen sind und sich dabei verletzt haben – für die staatlichen Ausrottungsmaßnahmen war das nichts als ein Vorwand.

Heute besiedeln Wombats nur noch einen Bruchteil ihres einstigen Verbreitungsgebiets im südlichen Queensland, in den Hartlaub- und Savannenwäldern Neusüdwales, den von Zwergeukalypten bestandenen Ebenen der Großen Australischen Bucht und auf der Insel Tasmanien. Nirgendwo stehen die *Plumpbeutler* unter Arten- oder irgendeinem sonstigen Schutz.

Schwacher, wenn auch höchst begrüßenswerter Trost: In Deutschland gibt es eine unerwartet umfangreiche Fachliteratur über den Wombat, von einer Gruppe, die ich «die Eingeweihten» genannt habe. Allen voran Dr. Arnfried Wünschmann, dessen achtzigseitigem, 1970 in der Neuen Brehm-Bücherei des A. Ziemsen Verlags in der Lutherstadt Wittenberg erschienenem und reich bebildertem Werk *«Die Plumpbeutler»* ich grundlegende Informationen über den Wombat zu verdanken habe. Das Literaturverzeichnis führt an die hundert Titel einschlägiger Werke auf.

Die liebevolle Beschäftigung von Wissenschaftlern und Liebhabern mit den drolligen Plumpsäcken hat bisher leider nichts an der inflationären Fähigkeit des Homo sapiens geändert, auch diese Spezies bis auf Reste zur Strecke zu bringen, sodass Wombats aller Wahrscheinlichkeit nach bald nicht mehr in ihren angestammten Lebensräumen, sondern nur noch in Zoos zu bewundern sind.

Und auch dort sind sie rar genug.

Irgendwann auf der Suche nach Wombats begann ich herumzutelefonieren, und ich fürchte, dass ich dabei mancher Zooleitung in Deutschland schwer auf die Nerven gefallen sein muss – vor und nach der Wende von 1989/90. Besonders denen, die wenig Interesse zeigten oder mir gar mitteilten, dass sie früher wohl Wombats «gehalten» hätten, mir aber auf meine dringende Nachfrage, warum nicht auch heutzutage, keine befriedigende Antwort geben konnten.

Darunter war ein Zoodirektor – ich sage nicht, wer und wo –, der bass erstaunt fragte: «Wie heißt das – Wombat?» Ich konnte gerade noch verhindern, dass mir der Hörer aus der Hand fiel.

Schließlich wurde ich doch fündig – im Duisburger Zoo.

Den Hinweis hatte ich bekommen von der Leitung des Kölner Tiergartens, wo vor längerer Zeit ein Wombat gelebt haben soll (und ich mir also geharnischte Vorwürfe machte, warum ich diese Nähe nicht ausgenutzt hatte). Aber dort, im Zoo der Stadt mit dem größten unserer Binnenhäfen, dort solle es Wombats geben.

Stimmt.

Doch ebenso stimmt es, dass ich sie dort nur unter Mühen gefunden habe. Einmal wegen amtlicher Fehlleitung («im Koala-Haus» – falsch!), dann wegen mangelhafter Beschilderung. Schließlich, vorbei an den Kängurus, sah ich sie doch – dick und wollig, ein Männchen und ein Weibchen, beide voneinander durch ein Gitter getrennt. Sein Fell dunkelbraun, ihres hell, fast silbrig, beide tappend, schnüffelnd, mit den charakteristischen, schräg nach oben geschlitzten Nasenlöchern, ein Anblick, der mich, nach so langer Sehnsucht, sowohl begeisterte als aber auch meine bisherigen Vorstellungen zum Einsturz brachte.

Denn was ich da sah, spielte sich am helllichten Tage ab, gegen vierzehn Uhr, unter einem offenen, sonnenstrahlenden Julihimmel, und nicht etwa abgeschirmt in einem Käfig. Die Wombats hatten sich nicht verkrochen und warteten nicht auf die Dunkelheit, auf die Nacht, sondern er war in einem großen, steineingefassten Sandareal, sie von ihm separiert in dem Anbau des Hauses, das die Duisburger Wombats beherbergt, und beide waren höchst sichtbar.

Hier gab es nichts zu locken und zu schnalzen, um sie hervorzutreiben, nichts zu grunzen und zu knurren, weder in hohen noch in tiefen Tönen, um ihrer ansichtig zu werden; hier zerstob die Legende von den *nachtaktiven* Wühlern, die meinen Berliner Besuch so eindrucksvoll gemacht und an die ich bis zur Stunde geglaubt hatte. Mit anderen Worten, hier brach mein altes Wombatweltbild zusammen wie ein Kartenhaus, erkannte ich, dass wir beide geirrt hatten, der Berliner Wärter und ich.

Gleichzeitig mit dieser Erkenntnis spürte ich aber auch Erleichterung, ja geradezu Begeisterung. Hieß das doch, dass ich meine Lieblinge ausgiebig beäugen, ihre Bewegungen studieren, ihr Verhalten in mich aufnehmen konnte, ohne jene Voranstrengung, die ich mir im Berliner Zoo hatte abringen müssen. Dennoch gut, dass ich beides erfahren hatte: den schwierigen Auftakt und nun, so viel später, die hinreißende Freisicht gleich auf zwei Wombats. Täuschung ausgeschlossen, denn da stand es in großen Buchstaben vor meinen glückumnebelten Augen:

NACKTNASEN-WOMBAT
Vombatus ursinus (Shaw) –
Common Wombat – Naaktneus-Wombat-Wombat,
SO-Australien, Tasmanien

Ich nenne ihn sogleich, von der ersten Sekunde an, den *Dunklen*, sie die *Helle*.

Er hat nur einen Gedanken – hin zu ihr, die hinter einem Gitter von ihm getrennt ist und offensichtlich nichts von ihm wissen will. Er nagt verzweifelt an der verschlossenen Tür und erfährt dabei nicht nur, dass das Metall stärker ist als seine Zähne, sondern alle Annäherungsversuche auch dauerhaft missachtet werden – sie würdigt ihn keines Blickes. Dennoch bemüht er sich stürmisch um sie, bis er, für diesmal, aufgibt, in die Sandarena zurückeilt und dort aufgeregt seine Kreise zieht.

Schließlich bleibt er stehen und beginnt – man muss das erlebt haben – zu graben. Er gräbt und gräbt, und man sieht, dass er das kann, dass Wombats geboren werden, um zu graben: Der Sand fliegt nur so nach hinten. Hier vor mir arbeitet das vorläufige Endglied einer Kette von Millionen von Wombatgenerationen – aber erschütternderweise geschieht das ins Leere hinein, sozusagen ins Blaue. Denn da ist kein Bau unter der Erde, die Anstrengung unproduktiv, die ganze Energie vertan – nichts entspricht hier auch nur entfernt den natürlichen Daseinsbedingungen der Wombats. Das war zwar im Berliner Zoo auch nicht anders, doch stand die damalige Begegnung, wie erinnerlich, noch ganz im Zeichen des *ersten Rendezvous* und seiner Hysterie.

Hier aber, mittlerweile von größerer Kenntnis der Stammesgeschichte und Lebensgewohnheiten der *Vombatidae*, suchen mich Gedanken heim, die mir so vorher nicht gekommen waren und mir nun zusetzen. Vor allem, ob es nicht überhaupt geboten sei, Tiere in ihrer natürlichen Umgebung zu lassen, weil Verpflanzung, jedenfalls bei bestimmten Arten, völlige Entwurzelung bedeutet. Doch schließt sich an diese Überlegung nicht sofort eine nächste an, nämlich ob Zoos nicht überhaupt höchst fragwürdig seien? Selbstverständlich kenne ich die Stimmen, die sie verteidigen, die diese Kultur bejahen, mehr, sie geradezu ummünzen in ein höheres Gut als das der Naturbelassenheit, da so den Tieren der Kampf ums Dasein mit all seinen Grausamkeiten doch erspart bleibe und im Übrigen ohne solche Institutionen die meisten Menschen nie den Zauber fremder Fauna erleben würden.

Was ja auch wieder stimmt, denke ich, obgleich mir dabei nicht wohl ist. Doch in der Tat – wenn es keine Zoos gäbe, hätte ich schrecklicherweise niemals leibhaftige Wombats zu Gesicht bekommen, würde es nicht da vor mir herumwuseln, das kurzbeinige Pärchen, die Helle und der Dunkle, müsste ich verzichten auf das unbeschreibliche Entzücken bei ihrem Anblick.

So hocke ich im Duisburger Zoo am Rand ihres Geheges, gleich neben den Kängurus, und sauge mich förmlich fest an der braunen Plumprolle hier vorn im Sand und, etwas entfernter, an dem widerspenstigen Weibchen, das mir seine wammige, in tiefe Fellfalten gelegte Rückenansicht darbietet. Es schnüffelt pummelig über den Boden, tappt geruhsam herum, spitzt die kurzen Ohren, legt die Vorderpfoten brav nebeneinander – und hat den ungebärdigen Freier doch stets scharf im Visier.

Der zieht weiter seine unruhigen Kurven im Sand, mit seidig glänzender Decke und äußerst flink, wirft dann und wann ein lustloses, höchst desinteressiertes Auge auf den seltsamen Zweibeiner, der sich nahe herangepirscht hat, und kehrt den dicken Kopf mit den charakteristisch schräg geschlitzten Nasenlöchern immer wieder witternd in die Richtung der Hellen.

Dazwischen aber gräbt er, gräbt wie wild, mal hier, mal da, als wüsste er nicht, wohin mit seiner Kraft, gelenkig von einer Stelle zur anderen stampfend und mit so schnellen Vorderklauen, dass ihren Bewegungen kaum zu folgen ist.

Währenddessen verharre ich regungslos auf der Steinbrüstung, ganz gefangen von der Furcht, schon *eine* falsche Geste könnte den Wombat stören und aus seinem gewohnten Verhalten reißen, und will den Blick nicht wenden von dem Dunklen da unten. Ein Bündel warmen Fells, lieb-plump, wie unfertig hinterlassen von jemandem, der ursprünglich Vollendetes im Sinn hatte, das ihm dann zum Glück jedoch misslungen und zu diesem wonnigen Etwas geraten ist, das anzufassen ich sonst was geben würde, während ich mich tatsächlich mit dem bloßen Anblick begnügen muss (der es aber, wahrlich, auch schon in sich hat).

Mittlerweile geht das Geschlechterdrama da vor mir munter weiter, denn das Männchen will die Sperre nicht akzeptieren, die das Wombatweibchen von ihm trennt. Und so rennt der Dunkle immer wieder an, stupst die schräg geschlitzte Nase gegen das Gitter und wetzt daran sein imponierendes Nagergebiss. Sie dagegen tut erst so, als sähe sie ihn gar nicht, schnüffelt unbeteiligt auf der Erde, setzt sich hin mit silbrigem Fell, das sich zu meiner großen Freude wieder in wammig-dicke Falten legt, spitzt die Ohren und kehrt dem verhinderten Liebhaber scheinbar unbeteiligt den Rücken zu.

Aber dann, wenn der Dunkle es gar zu arg treibt, am Gitter sabbernd aufgerichtet und die Pfoten fordernd erhoben, schwenkt die Helle blitzschnell herum, fegt auf ihn zu und faucht ihn an.

Faucht ihn so nachdrücklich an, dass er von ihrem Speichel benetzt wird, was ihn jedoch eher zu erregen als abzuschrecken scheint.

Denn nun nimmt er, wenn auch inzwischen taumelnd vor Gier und Erschöpfung, das unüberwindbare Hindernis noch heftiger an. Was die Helle, seines nutzlosen Berserkertums sichtlich überdrüssig, endlich veranlasst, im Haus zu verschwinden und von dort nicht wieder hervorzukommen, so lange ich auch darauf warte.

Das dauerte, bis ein Wärter kam und mahnend darauf aufmerksam machte, dass der Zoo geschlossen werde und der Ausgang noch eine ganze Strecke weit sei. Bis dahin aber hatte mir wenigstens der Dunkle die ganze Zeit über das volle Glück seiner zärtlichen Erscheinung gewährt.

Und nun liegen, während ich dies tippe, über meinen Arbeitstisch verstreut zahlreiche Fotos des Wombatpärchens, die ich mit großer Lupe beäuge und studiere, auf dass mir kein Härchen entgeht, über dessen reproduzierter Imagination ich sachte streichle, bis in die Fingerspitzen sensibilisiert, wie sich der braune und der silbrige Wombatpelz wohl in Wirklichkeit angefühlt hätte.

Nun aber, eingestandenermaßen, doch froh darüber, dass es Zoos gibt, sogar mit Wombats.

Es ist noch gar nicht lange her, dass mich ein Nachbar, in Kenntnis meiner Vorliebe und ihres biographischen Gewichts, anrief und freudestrahlend berichtete: «Der Berliner Zoo hat wieder einen Wombat.» Er selbst habe ihn gesehen, aber unter anderen Umständen, als sie nach meinen Schilderungen damals geherrscht hätten – das primitive Ambiente sei einer neuen, aufwendigen Umgebung gewichen.

Also ging es bei nächster Gelegenheit vom Rhein an die Spree und dort, wieder sehr früh und voller Ungeduld, so rasch wie möglich an die Stätte meiner Sehnsucht.

Die befand sich in der Tat nicht mehr an ihrem alten Standort mit dem jämmerlich schmalen Käfig, sondern an prominenter Stelle – im Löwengehege. Hier hatte der Fortschritt gewaltet, war Geld investiert und dem Wombat und seinesgleichen ein eigenes Areal im Souterrain eingeräumt worden – *«TIERWELT DER NACHT»* lese ich mit wachsender Neugierde.

Schon der Weg dahin war wie ein Gang durch die Wunder irdischer Fauna. Dicke Pandabären, die Augen, wollte mir scheinen, mit hoher Bewusstheit auf mich gerichtet; ein Jaguar aus Amazonien, das Fell wunderbar gefleckt, der Schwanz wie eine künstlerisch geworfene Peitschenschnur, und der edle Kopf nahe vor mir, doch ohne mir in die Pupille zu schauen; Tüpfelhyänen, kräftig gebaut, mit entblößtem Raubtiergebiss und den schwarzen Placken im gelbbraunen Fell (imponierend, wenn auch nicht mit dem Charisma und den Assoziationen «meiner» Hyäne im Zoo von Oud Wassenaar).

Im neuen Domizil der *Nachtaktiven*, nahe den Löwen, geht

es nun eine Treppe hinunter, ins Dämmrige. An der Wand, ernüchternd, Schilder: *«Rauchen verboten»* und *«Vor Taschendieben wird gewarnt»*.

Doch wer sollte mich hier beklauen? Bin ich doch wieder so früh – offenbar mein Zooschicksal – der einzige Besucher weit und breit. Nun tiefer hinab noch, dahin, wo es wirklich düster wird und Lichtverhältnisse herrschen, an die sich das Auge erst gewöhnen muss. Aber dann schimmert vor mir eine gläserne Front, viele Abteilungen nebeneinander, moderne Käfige, die nicht den Eindruck von Zellen machen, ein jeder beschildert und mit den Namen der jeweiligen Insassen versehen.

Und so streiche ich, von links nach rechts, vorbei an Springhasen, Erdferkeln, Fettschwanz- und Mausmaki; erkenne ich hinter Glas eine Ginsterkatze und einen Raubmarder der Art Zorilla; ferner Braunborstengürteltiere, Wickelbären und das australische Kurzschnabeltier, allmählich jedoch immer beunruhigter – denn wo bleibt der Wombat?

Aber da ganz außen, endlich, steht: *«Fuchskusu* und *Nacktnasenwombat»*!

Woraufhin ich laut aufjubele (gut, dass ich allein bin), mit meinen Blicken in den schwach beleuchteten, dämmrigen Käfig einzudringen versuche und dabei meine Nase an der glatten Scheibe platt drücke. Doch selbst wenn ich sie noch platter gedrückt hätte – ein Wombat hätte sich wohl auch dadurch kaum hervorzaubern lassen.

So intensiv ich auch suche, forsche, hinblicke – kein Wombat! Versteckt haben kann er sich nicht, denn der Käfig ist bis zur Rückwand völlig überschaubar und die Dunkelheit nicht so groß, dass er sich in ihr hätte verstecken können.

Wieso ist dann aber *Vombatus ursinus* (Common Wombat), eine *Nacktnase* also, angezeigt?

Den *Fuchskusu*, den sehe ich – der turnt da drinnen auf schwankenden Ästen herum und wäre auch sonst mit einem

Wombat nicht zu verwechseln, schlank und leicht, wie er sich da luftig bewegt.

Ich spüre, wie sich mir unter der Enttäuschung die Kopfhaut zusammenzieht – kann denn sein, was nicht sein darf? Sollte ich den weiten Weg von Köln nach Berlin – und zurück! – wirklich umsonst gemacht haben, mir der lang ersehnte Anblick verwehrt, das so innig herbeigewünschte Erlebnis versagt bleiben? Die Frage treibt mich die Treppe hoch und an die frische Luft.

Gemach, sage ich mir, jetzt nicht hippelig werden, ruhig Blut bewahren und jemanden fragen, was es damit auf sich habe, dass der Wombat zwar groß angezeigt, tatsächlich aber nicht da ist. Nur – oben treffe ich niemanden an. Die Löwen brüllen, doch Personal ist nicht zu sehen.

Zur Selbstbeschwichtigung, um mich abzukühlen, mache ich noch einmal einen Gang in die nähere Umgebung, streife an den Mähnenschafen, Tüpfelhyänen, Pumas vorbei und stehe dann vor einem Tiger, getrennt nur durch ein Gitter, an dem er, ganz nahe postiert, sitzt. Auf die mächtigen Vordertatzen gestemmt, schaut er mit graugelben Augen zu dem Springbrunnen hin, wo sich – welche Beute! – wasserbesprüht zwei steinerne Robben kosen.

Die Schönheit aus Sumatra kneift mit den Augen, wendet sich, keinen halben Meter entfernt, mit majestätischer Langsamkeit mir zu, vermeidet aber meinen Blick. Dann gähnt er, mit langer, durchgebogener, herrlich lachsfarbener Zunge, und knurrt zur Seite, wo, kleiner, die Tigerin gespenstisch lautlos auf weichen Sohlen hin und her tappt.

Der Tiger bleibt vor mir hocken, die Ohren an den Spitzen ein wenig nach innen eingeknickt, neben der rosafarbenen Nase einen rötlichen Klecks, und die Luft hörbar einsaugend. Ausgestattet mit einem unerhörten Geruchssinn, wittert er in die Weite, erhebt sich dann, die Schwanzspitze geradezu anmutig erhoben, und geht davon – ganz schmal und doch ein einziges

Kraftbündel aus Muskeln und Sehnen. Dann spritzt er ab, nach hinten, aus einem verborgenen Penis, wie ein Ritual schamloser Überlegenheit, und reckt sich schließlich an einem Baum mit abgekratzter Rinde zu voller Größe auf.

Über zwei Meter hoch, die Pranken noch höher ausgestreckt, wetzt er seine scharfen Krallen, dass die Splitter fliegen, brüllt einmal dumpf, unterdrückt, und lässt sich wieder fallen – ein Bild urtümlicher Stärke und souveränen Selbstbewusstseins.

Aus diesem Anblick ungern erwachend, fällt mir sogleich das Elend mit dem Wombat ein. Also eile ich geschwind zurück zur *«TIERWELT DER NACHT»*, brauche aber nicht noch einmal hinunterzusteigen in die dämmrige Gruft, sondern treffe oben, in der Nähe des Löwengeheges, einen jungen Mann, der einen riesigen Fleischklumpen an einem Haken trägt und in einer Tür verschwinden will, hinter der lautes Brüllen erschallt. Auf meine ihm wegen des Lärms zugerufene Frage: «Könnten Sie mir bitte sagen, wo der Wombat ist?», dreht er sich um, kommt auf mich zu und fragt dann zurück: «Sind Sie deshalb gekommen?» Als ich bestätigend antworte – «Ja, aus Köln.» –, huscht ein Lächeln über sein Gesicht, ehe er den Fleischklumpen ablädt und mit einem Unterton ehrlichen Bedauerns sagt: «Da haben Sie Pech gehabt – der Wombat war bis gestern noch hier. Seit heute ist er im Zoo von Hannover.»

Sprach's, griff nach dem Fleischklumpen und ließ mich mit meiner Misere allein.

Es wurde, wie man sich denken kann, ein mehr als betrüblicher Abschied – wenngleich die Metropole des Landes Niedersachsen keineswegs aus der Welt ist.

Nur hatte sich wieder bestätigt: Wer Wombats sucht, der muss gegen alle möglichen Unvorhersehbarkeiten, Hindernisse und Widrigkeiten mit großer Geduld gewappnet sein. Anders sollte man sich auf dieses Verhältnis nicht einlassen.

Klärender Nachtrag.

Ein Leben mit der Liebe zu Wombats ist heutzutage kein leichtes, sozusagen aus Mangel an Masse schon – gibt es von ihnen in ganz Europa doch nur noch sechs Exemplare. Die gehören vier Zoos, sind aber nur auf drei verteilt.

Zur Stunde dieser Niederschrift gestalten sich die komplizierten Besitz- und Ausleihverhältnisse folgendermaßen: Die drei Zoos mit Wombats, teils Pärchen, teils einzeln, befinden sich in Antwerpen, Duisburg und Hannover.

Das hört sich übersichtlich an, ist es aber nicht.

So war zum Beispiel Bosco, das Berliner Männchen, nach Hannover ausgeliehen, genauer, auf Dauer dorthin «ausgelagert» worden, weil die Unterbringungsmöglichkeiten in der Leinestadt besser sind als im hauptstädtischen Zoo und der für Wombats viel zu kleinen *«TIERWELT DER NACHT»*.

Lange ist Bosco allerdings nicht in Hannover geblieben, denn von dort kam er bald nach Duisburg, wo er sich heute noch aufhält. Was nicht bedeutet, dass am Rhein nun drei Wombats hausen, denn nach der Ankunft von Bosco in Duisburg war das dortige Männchen Gerhard auf den Weg nach Hannover gebracht worden.

Womit die Wombattransaktionen noch keineswegs erschöpft sind, da ein anderes Hannoveraner Männchen namens Rolf grenzüberschreitend den Zoo von Antwerpen ziert, weil das dortige Weibchen ihm holder ist als anderen Männchen, mit denen es zuvor versucht wurde.

So beweist die Europäisierung dieser Plumpbeutler aus dem fernen Australien denn wieder einmal, welche vielfältigen Möglichkeiten in arithmetischer und genetischer Hinsicht einer so winzigen Zahl wie der Sechs entsprießen können. Wobei die klugen Verschiebungen und Leihgaben der Zoos untereinander immerhin die Hoffnung lassen, dass der Anblick von Wombats der Menschheit auch dann noch erhalten bleiben wird, wenn es auf freier Wildbahn schon längst keine mehr gibt.

Was nicht zuletzt für mich wichtig ist, da in der langen Beziehungsgeschichte zwischen dem Wombat und mir ja noch ein schweres Defizit getilgt werden muss – nämlich die unerlässliche Berührung, die bis heute fehlt, wie dieser Schrift entnommen werden kann. Ein Status quo, bei dem es nicht bleiben darf und mit dem ich mich niemals zufrieden geben werde, auch wenn ich weiß, was alles an administrativen und aufseherischen Hürden überwunden werden muss.

Denn da scheint, meinen Erfahrungen mit kompetenten Stellen nach, so etwas auf wie ein Aberglaube, als gäbe es eine Art Wombattabu, dessen Bruch durch Menschenhand der Gattung das Odium jungfräulicher und gleichsam zur Weiterexistenz notwendiger Unberührtheit nähme.

Gut nur, dass solche Besorgnisse durch ein Beispiel, wie es überzeugender nicht hätte ausfallen können, ad absurdum geführt worden sind. Entdeckte ich doch jüngst in der Zeitung ein Foto, auf dem keine Geringere als das deutsche Tennis-Ass Steffi Graf einen ausgewachsenen Wombat auf dem Arm trägt – im Zoo von Melbourne!

Ich habe den Blick nicht lösen können von der liebevollen Umarmung zwischen Mensch und Wombat – der, ein Prachtexemplar seiner Gattung, fidel und mit lustig ausgestreckten Krallen, vollkommen unversehrt in die Kamera schaut.

Dieses Foto, das ich selbstverständlich nun ständig bei mir trage, hat dann auch – warum verschweigen? – meinen Willen, solche Einheit auf deutschem beziehungsweise belgischem Boden zu vollziehen, nur noch gestärkt.

Denn eines sehe ich beim besten Willen und bei aller Wombatliebe nicht ein: nämlich zu ihrer Erfüllung den Umweg über die *Australian Open* zu nehmen.

Barbara Mürmann

Opas rustikale Romantik

«Opa, was ist romantisch?», fragte ich. Das Fahrrad, mit dem Opa und ich auf dem Heimweg waren, geriet für einen Moment ins Schwanken. Opa liebte keine langen Erklärungen und antwortete: «Mädchen, frag deine Eltern, die sind jünger.» «Aber die sind doch verreist», sagte ich. «Dann frage ich eben Oma.»

«Oma ist nicht romantisch, Oma ist praktisch», sagte Opa. «Und jetzt sei ruhig und hör lieber, wie schön die Amseln singen, schau dir den schönen Sonnenuntergang an und halt mal deine Nase in die Luft, die Blumen duften heute besonders gut.»

Nach dieser für ihn langen Rede schwiegen wir beide eine Weile und genossen den lauen Vorsommerabend. Opa bremste auf einer Brücke über den Bahngleisen und wartete. Eine Dampflok keuchte erst leise, dann immer lauter werdend heran. Opa starrte gespannt auf seine Uhr: «Ha, die Halunken, schon wieder zwei Minuten zu spät!», brüllte er durch den Lärm der Lokomotive. «Und jetzt halt die Luft an!» Wir wurden vom schwarzen Rauch verschluckt, und als ich Opa wieder sehen konnte, lachte er über das ganze Gesicht.

Oma wartete auf uns: «Wie ihr riecht!», schimpfte sie. «Ihr wart doch schon wieder auf der Brücke. Du bist seit Ewigkeiten pensioniert, musst du denn immer noch jeder Lokomotive nachlaufen?»

Opa zwinkerte mir zu und sagte, er müsse nun die neuesten Nachrichten im Radio hören, und außerdem sollte Oma froh darüber sein, dass er lediglich Lokomotiven nachliefe. Ich ging mit Oma in die Küche und bekam ein Butterbrot mit Erdbeeren und Zucker. «Opa hat gesagt, dass du nicht romantisch bist. Was ist romantisch, Oma?»

Oma war empört: «Was hat er gesagt? Na, dem alten Lorbass werde ich was erzählen – und du gehst jetzt ganz romantisch ins Bett!»

Wie ich solche Wendungen hasste! Ich gehorchte aber, denn mit Oma war nicht gut Kirschen essen, wenn sie wütend war. Aus dem Nebenzimmer erhaschte ich einige Wortfetzen meiner Großmutter: «Wie kannst du dem Kind sagen, ich sei nicht romantisch?! Wer hat sich denn in den besten Krakowiak-Tänzer der Gegend verliebt? Und wieso haben wir die fünf Kinder?»

«Die fünf Kinder haben nichts mit Romantik zu tun», sagte Opa, und dann schlief ich ein.

Nachdem wir am nächsten Tag auf der Brücke erneut die Unpünktlichkeit des Zuges beklagt hatten, fuhren Opa und ich weiter in den großelterlichen Schrebergarten. Opa nahm die Sense und mähte eine Wiese. Ich sammelte inzwischen Kartoffelkäfer. Dann harkten wir gemeinsam das Gras zu einem Haufen zusammen, breiteten ein Tuch darauf aus und fingen damit an, Omas Picknickkorb mit den liebevoll zubereiteten Speisen leer zu essen. Opa zeigte mir, wie man sich die Nase putzt, ohne ein Taschentuch zu benutzen. Ich lernte zwei Versionen, die ich begeistert übte. Dann holte Opa zwei Flaschen Malzbier, und ich lernte, aus der Flasche zu trinken. Es begann leise zu regnen. Wir kuschelten uns unter einer Plane aneinander, zündeten die Kerze in einer Laterne an und genossen essend und aus der Flasche trinkend den warmen Duft, der aus dem Erdreich aufstieg, den Regengesang der Vögel und die Farbenpracht der Blumen. «Siehst du», sagte Opa, «jetzt ist es richtig romantisch.»

Am nächsten Tag kamen meine Eltern, um mich wieder mit nach Hause zu nehmen. «Heute Abend gehen wir zur Feier des Tages essen», kündigte mir Mama an. «Papa hat Geschäftsbesuch, wir ziehen uns alle hübsch an und gehen dann in ein ganz romantisches kleines Restaurant.» Abends sah Mama in ihrem neuen Kostüm mit dem Handtäschchen über dem Arm schön wie eine Filmschauspielerin aus. Papa hatte sich sogar einen Hut aufgesetzt. Er musterte mich kritisch: «Ich weiß nicht, dieses Kind wirkt immer irgendwie rustikal. Man kann ihr anziehen, was man will, man hat ständig das Gefühl, dass sie in Gummistiefeln und ausgefranstem Wollpullover neben einem herstapft.» Mama zuckte resigniert mit den Schultern, und wir stiegen ins Auto. «Da sind schon die Gäste, putz dir lieber noch einmal die Nase, damit du nachher nicht immer hochziehst!», sagte Mama, als wir auf den Geschäftsbesuch zugingen. Ich wählte Opas zweite Variante, hielt mir ein Nasenloch zu, holte tief Luft und ... Mama packte mich hart am Genick. «Bist du noch zu retten?», zischte sie. Die Gäste schauten etwas indigniert, übergingen aber das unappetitliche Verhalten einer Fünfjährigen höflich. Papa sandte einen messerscharfen Blick in meine Richtung und begrüßte mit ausgesuchter Höflichkeit den Geschäftsbesuch. Wir gingen zum Lokal, und er blieb ein wenig mit mir zurück. «Ich glaub es ja wohl nicht!», sagte er. «Bin ich mit meiner normalerweise gut erzogenen Tochter unterwegs oder mit Pippi Langstrumpf? Reiß dich ja zusammen, sonst fängst du dir eine Backpfeife ein! Die Leute sind wichtig für mich!»

Wir betraten das Restaurant, und die Gäste sagten entzückt: «Nein, wie romantisch!» Papa war stolz, und ich suchte die Romantik. Alles war dunkel. Es gab kein Vogelgezwitscher, nur die vornehm gedämpften Stimmen der Gäste. Es duftete nicht nach Regen und Pflanzen, sondern roch nach Essen und Zigarettenrauch. Auf jedem Tisch stand eine einsame Nelke. Immerhin gab es Kerzen, aber die waren nicht angezündet. Das sollte romantisch sein?

Meine Eltern bemühten sich höflich um die Gäste. Das Essen und die Getränke kamen. Omas liebevoll hergerichtetes Picknick wäre mir lieber gewesen, aber immerhin gab es für mich Malzbier. Der Kellner schenkte ein und stellte die Flasche neben das Glas. Man nickte sich zu und nippte am Wein. Alle waren sehr steif. Um der Romantik wenigstens etwas nachzuhelfen, ergriff ich die Malzbierflasche, grinste in die Runde, denn Opa hatte gesagt, man müsse immer alle Leute freundlich anschauen, und rief laut und vernehmlich: «Prost!» Dann setzte ich die Flasche an die Lippen und trank mein Malzbier so, wie Opa es mich gelehrt hatte, wischte mir mit dem Handrücken über den Mund und guckte wieder freundlich in die Runde. Mama wurde ganz steif, der Ober wandte sich ab, ich sah, wie seine Schultern wackelten. Papa starrte mich mit offenem Mund fassungslos an. Ich hatte das Gefühl, dass irgendetwas nicht in Ordnung war, denn auch die Gespräche an den Nachbartischen waren verstummt, und die Leute blickten zu mir herüber. In der entstandenen Stille schaute ich jetzt doch etwas ängstlich auf unsere Gäste, denn deren Wohlergehen war ja so wichtig für Papa, der immer noch mit rotem Kopf nach Luft schnappte.

Plötzlich brachen unsere Gäste in lautes Gelächter aus, auch an den Nachbartischen wurde gelacht. Der Ober drehte sich wieder zu uns um, ihm liefen Tränen übers Gesicht, und er gluckste vor sich hin. Ein Gast rief laut: «Prost!», und nickte mir lachend mit der Flasche in der Hand zu. Endlich erklang auch Papas dröhnendes Lachen, nur Mama schüttelte immer noch den Kopf und sagte entschuldigend: «Sie war zwei Wochen bei meinen Eltern, mein Vater ist eigentlich ein hoffnungsloser Romantiker, ich weiß nicht, was er sich dabei gedacht hat, ihr das beizubringen.»

Der weitere Abend verlief plötzlich viel weniger steif, als er begonnen hatte, und war der Beginn einer Freundschaft zwischen unseren Gästen und meinen Eltern. Alle schienen zufrieden. Nur ich sehnte mich nach Opa und seinem Garten zurück.

Justus Noll

Das Kind von vierzig

Kurz nach meinem vierzigsten Geburtstag musste ich die seltsamste Verwirrung meines Lebens durchleiden, die einem hinreichend gereiften und in den Stürmen des Lebens erprobten Mann wohl zustoßen kann. Es ist eine Binsenwahrheit, dass in jedem Mann, gleich welchen Alters, auch ein Kind steckt, doch die Umwelt geht im Allgemeinen davon aus, dass der Mann in diesem Alter erwachsen sei. Welch ein Irrtum! Hart und gefühllos wird das Kind im Manne ignoriert – besonders die Frauen, denen Kindsein und Kindhaben doch immer so wichtig sind, zeichnen sich nicht selten durch seelische Grausamkeit und exemplarisches Unverständnis für das Gemüt des unschuldsvollen Mannes aus.

Diese schlimme Erfahrung musste auch ich machen, als meine Freundin Ulrike mir am 1. Advent eröffnete, sie wolle fürderhin nicht mehr für mich kochen, waschen und bügeln – vielmehr habe sie nun einen Bergsteiger kennen gelernt, der alle diese Künste beherrschte, der sogar so weit ging, sie, Ulrike, zu bekochen, bewaschen, bebügeln, obwohl er, der Bergsteiger, ein ganzer Mann, ja geradezu ein Berg von einem Mann sei.

Es missfiel mir außerordentlich, wie Ulrike «ganzer Mann» aussprach – und als sie mir dann einen flüchtigen Kuss auf die Stirn drückte, ihr Zahnputzglas, ihren Kugelschreiber, ihren Wecker und drei Geranientöpfe nebst Inhalt in einem Pappkarton verstaute und mit den rührenden Abschiedsworten «Der Berg ruft!» verschwand, ja, da brach das verlassene, einsame Kind, das so tief im Herzen auch des rauesten Kerls ruht, in mir durch, und ich fing bitterlich an zu weinen.

Nach einer Woche trostlosen Weinens beschloss ich, um

mich abzulenken, das Klavierspiel zu erlernen. Ich kam schnell voran und begann Ulrike schon fast zu vergessen, da bemerkte ich in meinem vom Klavierspiel aufgeweichten Gemüt merkwürdige Regungen, die offenbar meine Klavierlehrerin, Frau von Hochsitz, hervorrief. Meine Augen verirrten sich immer häufiger, die enge Perspektive des Klavierschülers verlassend, der nur auf Noten und Tasten starrend seine Lehrerin ausschließlich sozusagen nordöstlich mit den Augenwinkeln wahrnahm, in Richtung eines enormen Busens von klassischer Schönheit, dessen Geheimnisse im Wechsel der Jahreszeiten ungleich von den Stoffen und Tüchern des Anstands verdeckt wurden: im Winter meist hochgeschlossen unter der Schneedecke eines weißen Kleides, im Sommer oft – ach, allzu oft – wie Dünen am Meer, die aus einem schilfgrünen Kleid emporwuchsen und ins Freie drängten.

Da ich nicht genug Geld hatte, um nach den teuren Klavierstunden auch noch einen Analytiker aufzusuchen, und die Krankenkasse wohl kaum Verständnis für die Besonderheiten meines Leidens aufbringen würde, versuchte ich, aus eigener Initiative etwas dagegen zu tun. Zunächst las ich alte deutsche Dichter wie Klopstock, Gleim und Gottsched, von deren durchgeistigter Sprache ich mir eine Reinigung des Gemüts versprach. Aber ach, mit konstanter Bosheit fielen meine Augen immer nur auf Sätze und Verse, in denen das Wort «Busen» vorkam, meist mit verfänglich schmückenden Beiworten, unter denen ich «alabasterfarben» besonders hassen lernte; ich mochte mir tausendmal sagen, dass diese Worte früher ganz anders als heute gebraucht wurden, umsonst, die Buchstaben schienen mit dem Gegenstand, den sie bezeichneten, identisch und strahlten eine so beunruhigende Wirkung aus, dass ich Klopstock, Gleim und Gottsched, anders als die verknöcherte Schulgermanistik, als Vorläufer von Henry Miller einstufte und sie therapeutisch absetzte. Ganz ähnlich erging es mir an jenen

Haltestellen öffentlicher Verkehrsmittel, an denen eine gewissenlose, allen Anstand verletzende Stadtverwaltung in falsch verstandener Bürgernähe mit riesigen Lettern das Wort «BUS» auf die Straße gemalt hatte.

Auch im Kino fand ich keine Ruhe, als ich mir den berühmten Mozartfilm ansah, denn was für eine Schauspielerin hatten skrupellose, nur auf Massenwirkung bedachte Filmleute für die Rolle der Constanze ausgewählt! Von meiner Krankheit an den Sitz im schäbigen Non-Stop-Kino gefesselt, gelangt es mir erst nach sechs Stunden, mich loszureißen, nachdem ich den Film mit allen seinen historischen Unwahrheiten viermal hintereinander sehen musste.

Ich verzweifelte derart, dass ich schließlich meine Wohnung fast nur noch zur wöchentlichen Klavierstunde verließ, von der ich mit schmerzenden Augen heimkam, und versuchte, die schreckliche Leidenschaft durch das Einstudieren von Zwölftonmusik zweitklassiger Schönberg-Adepten zu bekämpfen.

Aber meine Tage waren nichts im Vergleich zu meinen Nächten. Im Traum erschienen mir schreckliche Gesichte in immer derselben Kulisse. Ich rannte über schneebedeckte Dünen, zuerst frei und schnell unter offenem Himmel – bis Fische, Seesterne, Korallen und Eiszapfen aus aufziehenden Wolken fielen, an mir emporwuchsen, mich immer schwerer werden ließen – und ich wie in einem weißen Milchbrei versank. Keine Menschenseele bevölkerte diese Träume außer der des gejagten Träumers, alles war feindliche, majestätische, alabasterfarbene Natur.

Eines Tages veranstaltete Frau von Hochsitz ein Schülervorspiel, bei dem, wie sie sich ausdrückte, alle großen und kleinen «Rennfahrer auf den Tasten» in kameradschaftlichen Wettstreit zueinander treten sollten. Der Abend fand im großen Konzerthaus statt und war vollständig ausverkauft – nicht zuletzt, weil ich nicht der einzige liebeskranke Verehrer am Ort war, sodass im Parkett auf den besten Plätzen in bunter Mischung Mitgiftjäger, musikalische Voyeure und Fetischisten primärer und sekundärer weiblicher Geschlechtsmerkmale saßen, ein repräsentativer Querschnitt durch die Männerwelt der örtlichen Honoratioren, die alle wegen der geistigen und körperlichen Adelsprädikate der unverheirateten, wohlhabenden Frau von Hochsitz erschienen waren.

Diese unterrichtete nicht aus materieller Notwendigkeit, sondern aus Zeitvertreib und in der Hoffnung, einmal einen standesgemäßen Schüler erobern zu können. Es bestand also eine gewisse Konvergenz zwischen den Zielen der liebeskranken Honoratioren und den Wünschen der Pianistin, welche es trotz nicht ganz komplettierten Musikstudiums einmal zu einer öffentlichen «Elise» gebracht hatte.

Ich war an jenem denkwürdigen Abend mit gutem Erfolg fast bis ans Ende von Mozarts «Türkischem Marsch» gekommen, als mich jener maienhafte Duft umschwebte, der auch während der Klavierstunden so oft aus wohl bekannter Richtung zu mir wehte: Frau von Hochsitz hatte in der Kulisse ein Tröpfchen ihres exotischen Parfüms in die nordöstlich gelegene Achselhöhle getupft – diskret, sodass es keiner sah, aber jedermann witterte.

Die ganze Macht meiner verhängnisvollen Leidenschaft überwältigte mich: Ich war gerade, kurz vor Schluss, sozusagen schon auf der Zielgeraden, in das triumphale «Bam – babam – bibam» feurig und mit lockeren Handgelenken eingebogen, als mich die Katastrophe einholte. Ich blieb nicht etwa stecken, was meine Leistung kaum noch hätte mindern können, nein, im Gegenteil: übergangslos wie eine hängen gebliebene Schallplatte wiederholte ich erbarmungslos das triumphale «Bam – babam – bibam», endlos, «bam – babam – bibam», «bam – babam – bibam» …

Das Publikum erstarrte mit der Musik – und erst nachdem

das «Bam – babam – bibam» bei weitem die Gesamtlänge der göttlichen A-Dur-Sonate Mozarts, aus der es stammte, übertraf, konnte Frau von Hochsitz als Erste den bösen Zauber abschütteln, mit hochrotem Kopf als wahre «dea ex machina» über die Bühne zum Flügel stürzen und mich energisch von der Tastatur in die Kulisse ziehen.

«Andere wollen auch noch spielen», zischte sie wütend, während sie nach vorne zum Publikum aasig lächelte. «Ich habe ja schon viele Versuche erlebt, sich in den Vordergrund zu spielen, aber solch einen dreisten noch nicht ...»

Ich Unglücklicher aber stürzte mit schmerzenden, gleichsam qualmenden Handgelenken hinaus in die Freiheit einer schneeigen, eisigen Winternacht.

Aber wie der Variationssatz jener bereits erwähnten Sonate des göttlichen Mozart, die mit dem «Türkischen Marsch» so heiter und völkerverständigend schließt, in der Knospe des Themas alle späteren Entwicklungen, alle Schattierungen zwischen Dur und Moll, zwischen Leid und Freud einschließt – und besonders Freud möchte man im Hinblick auf mein Leiden nun doch nicht ganz ausschließen –, so bemerkte ich noch in derselben Nacht, dass sich in der Menschenödnis meines Traums plötzlich und überraschend Leben zeigte. Wieder einmal hatten sich die Dünen in eine riesige, elfenbeinerne Tastatur verwandelt, über die ich im Kopfstand mit grässlichen Fingersätzen floh, als ich über die letzte schwarze Taste stolperte und in hohem Bogen in die Gletscherspalte zwischen zwei weißen Tasten stürzte.

Da geschah das Wunder.

Ich landete auf dem weichen Boden einer Waldlichtung, von hohen Buchen umstanden, in deren Ästen Vögel Motive aus Strawinskis «Nachtigall» pfiffen, lustige grüne Heuschrecken Plié tanzten und in einer entengrützgrünen Pfütze zwölf Frösche einen Männerchor von Rudolf Desch probten.

«Sieh dich aufmerksam um», sagte eine süße Stimme neben mir, «so ein Anblick ist heutzutage selten.»

Ich erblickte eine zarte Gestalt, von der ich sofort wusste, dass es eine Fee war – was mich aber befremdete, war die Tatsache, dass die Fee mir so bekannt vorkam. Sollte es …? Nein, das ist unmöglich …? Sollte es wirklich …?

«Erkennst du deine Ulrike nicht mehr?», fragte die Fee, denn Feen können Gedanken lesen. «Auch ich bin in eine Gletscherspalte gefallen, aber im Gegensatz zu dir nicht nur im Traum, sondern gerade, als Toni …»

(So hieß der ganze Mann.)

«… zu mir sagte: ‹Angesichts der Erhabenheit der Natur verschwinden wir Menschen im Nichts.› An dir habe ich in meinem Erdendasein viel Unrecht begangen, nun will ich es wieder gutmachen. Denke an etwas, was du heiß begehrst – wenn Musik dich umgibt, wird es in Erfüllung gehen.»

Ulrike sah mir noch einmal tief in die Augen und verschwand.

Ich erwachte seufzend, von der Sehnsucht nach einer unbeschreiblichen Unio mystica erfasst, die mich gänzlich gleichmachen würde mit Frau von Hochsitz. Ich hielt alles für eine neue Variation meiner Qual: War vorher der Traum schrecklicher als die Wirklichkeit, so war nun die Wirklichkeit schrecklicher als der Traum, und der relative Trost des Aufwachens wich dem Wunsch, für immer in Frieden zu schlafen. Aber eine magische Kraft zog mich wieder in die nächste Klavierstunde, so wie es den Täter nicht selten dämonisch an den Ausgangsort seiner Tat treibt.

Ich stammelte eine Flut von entschuldigenden Worten, die Frau von Hochsitz zunächst eisig schweigend entgegennahm. Dann aber, als sie Worte wie «Liebe», «Traum», «Herz» und «Schmerz» verstand, wurden ihre abweisenden Gesichtszüge weicher. Ich glaubte zu bemerken, wie sie zum ersten Mal die tiefen blauen Augen ihres Schülers beachtete, die im Kreuzfeuer der Emotionen mit niedergeschlagenen Blicken und inbrünstig hervorquellender Verehrung zwischen ihrem Busen und ihrer Stirn unstet hin und her flackerten, ja fühlbar darüber zu streicheln schienen. Ich verstärkte den Effekt durch entartete Bewegungen meiner verwirrten rechten Hand – so als wollten meine Finger die Schwarz-Weiß-Landschaft der Tasten verlassen und über andere, entferntere Landstriche fahren.

All das provozierte einen tiefen Seufzer bei Frau von Hochsitz, der wie ein Erdbeben über die ganze erhabene Figur sich fortsetzte und mich in das allerschlimmste, unsublimierte Frühstadium meiner Folie zurückwarf, sodass ich wortlos immer schneller spielte, ohne aber den Blick abwenden zu können.

Plötzlich war es aber nicht mehr der fremde Busen, der schwoll, sondern mein eigener: Mit Entsetzen sah ich, wie Frau von Hochsitz flach wie ein Brett wurde, während sich an meinem Oberkörper eine entgegengesetzte Entwicklung vollzog. Zwischen den Notenlinien in Takt 78 der «Pathétique», die ich gerade spielte, tauchte das zufriedene Gesicht der Fee Ulrike auf. Sie lispelte:

«Wenn Musik dich umgibt, gehen deine Wünsche in Erfüllung ...»

Ich zischte sie an:

«Bist du wahnsinnig, hör sofort auf damit!»

«Aber ich kann dir doch nur drei Wünsche erfüllen – nach altem Brauch», flüsterte enttäuscht Ulrike, «dann wären ja schon zwei weg. Soll ich dir nicht lieber noch ein schickes Kleid hinzuwünschen?»

«Jetzt bin ich nichts Halbes und nichts Ganzes», giftete ich, «denn du hast schlampig gezaubert und einiges unverwandelt gelassen von dem, was einen ganzen Mann ausmacht.»

«Entschuldige», stotterte Ulrike, «ich bin leider noch Anfängerin ...», und stellte den Anfangszustand wieder her.

Alles ging so schnell, dass Frau von Hochsitz nichts davon bemerkt hatte, vielmehr mich unterbrach und mit einigen nichts sagenden, aber verzeihenden Worten nach Hause schickte.

Wieder durchlief ich alle Stadien der Verzweiflung. Aber nun traf ich mich allnächtlich mit Ulrike, die mir ein großer Trost wurde.

«Du musst es nur richtig wollen», pflegte sie zu sagen, «dann gehen deine Wünsche auch in Erfüllung ...»

Sie schlug mir tausend Möglichkeiten vor, ließ mich tausend bewährte Rezepte ausprobieren. Umsonst, Frau von Hochsitz saß alabastern wie immer neben mir, maienhaft umduftet, mal schneeig, mal dünig, als habe es nie die Minuten der Bewegung nach dem verunglückten Konzert gegeben.

Ich bemerkte nicht, dass ich jeden Wirklichkeitssinn verloren hatte – denn nicht durch Zauberei, sondern durch das Zusammenwirken verschiedener, ganz natürlicher Umstände hatte sich bei Frau von Hochsitz allerlei geändert, die inzwischen von einem reichen, aber zu greisenhaften Stadtrat, einem jugendlichen, aber zu armen Bademeister, einem reichen, jugendlichen, aber homosexuellen Industriellen genug hatte.

«Kennst du jenes zynische Wort im ‹Tagebuch eines Verführers› von Kierkegaard, mit dem sich der Held von der Verlassenen verabschiedet?», fragte ich Ulrike eines Nachts voller Selbstmitleid und blickte traurig auf den Chor der Frösche, die soeben «Kein Feuer, keine Kohle» sangen. «Er sagte, könnte er jetzt noch etwas für die Verlassene tun, dann würde er sie in einen Mann verwandeln. Wärst du nicht eine so stümperhafte Zauberin, könnte das Umgekehrte mich vielleicht von meinem großen Weh erlösen.»

«Sei nicht so deprimiert», entgegnete großmütig Ulrike, «ich werde meinen Fehler schon wieder gutmachen und dich vor dieser Frau retten – es kommt beim Zaubern nur auf den richtigen Moment an.»

Ich bereute meine harten Worte und wachte auf.

Mein Pech in der Liebe wurde, wie nicht anders zu erwarten, durch Glück im Spiel etwas gemildert, als ich einen Millionen-Lotto-Gewinn dadurch erzielte, dass ich meine Fingersätze des «Türkischen Marschs» auf den Spielschein eintrug. Die ganze Stadt gratulierte mir, und auch Frau von Hochsitz zeigte sich beeindruckt. Sie sah das blasse, schüchterne Kind, das jeden Mittwoch neben ihr Platz nahm und sie aus zuckenden Augenwinkeln seitlich anblinzelte, plötzlich in ganz anderem, hellerem Licht.

Sie rückte nun ganz nahe an meine Seite, erklärte ungewöhnlich einfühlsam die rechte Handhaltung, während ich nicht wusste, wie mir geschah, und stand dann auf, um auch die rechte Haltung des Rumpfes zu demonstrieren. Ich fühlte, wie sich plötzlich alles Alabaster dieser Welt von hinten an mich presste, zwei wohl unterscheidbare Gewehrläufe schienen sich in meinen Rücken zu bohren, ich fuhr fast besinnungslos herum und vergrub, auf die Knie fallend, endlich meinen Kopf so heftig zwischen ihren Brüsten, dass der leichte Stoff des Kleides zerriss. Frau von Hochsitz, für deren große pädagogische Erfahrung eine solche Situation nicht ganz neu war, stammelte erregt und erfreut:

«Aber, aber, mein Kind …»,

während sie in gekonntem Stolpern einer Couch in der anderen Ecke des Zimmers zutaumelte und meinen Kopf fest an sich drückte.

Diesmal erfasste ich in Sekundenbruchteilen mein Glück und durchlebte ebenso schnell die ganze schlimme Zeit unter umgekehrten Vorzeichen. Klopstocks, Gleims und Gottscheds sprachliche Orgien rasten mir durch den Kopf, fachten meine Sinne mächtig an, deren ich plötzlich nur allzu mächtig wurde. Übergehen wir daher die Schilderung dessen, was sich in der anderen Ecke des Raumes abspielte, die ihrer grellen Realistik wegen nicht in ein Märchen passt. Es war, als hätte Frau von Hochsitz mir die «Pathétique» mit dem einzigen Ziel einstudiert, dass ich ihr jetzt, jenseits aller beckmesserischen Fingersätze und orthodoxen Handhaltungsvorschriften, mit vollen Händen das Gelernte zurückgeben könnte.

«Ja, es lohnt sich zu üben», stammelte ich ein über das andere Mal, während sie, zart errötend vor meiner unverhofften Unschuld, stöhnte:

«Jetzt darfst du – dürfen wir – die ‹Appassionata› in Angriff nehmen – kauf dir – uns – aber nur die blaue Henle-Ausgabe … großes Kind …»

Und zärtlich knöpfte sie ihrem großen Kind das Hemd auf, während ich mich bereits anderer Hüllen entledigt hatte und selbstlos nur an die und das eine dachte …

Wie gefährlich ist es doch, sich mit dem Überirdischen einzulassen! Der Mensch spielt seine Spiele in treuem Kinderglauben – ohne zu wissen, dass er selbst der Einsatz ist! Ulrike, die ich vollkommen vergessen hatte, wartete den günstigsten Moment ab, um den dritten Wunsch zu erfüllen. Es sollte eine bittere Überraschung werden!

«Wenn wir Frauen nicht alles in die Hand nehmen, klappt ja doch nichts», murmelte Ulrike.

Auch sie fühlte sich für mich, den sie einst so verletzt hatte, mütterlich verantwortlich. Bald würde sie mit mir, ihrem Karl – oder dann besser: Karla – ganz anders sprechen können: ohne den trennenden Graben der Geschlechter, sozusagen von Frau zu Frau. Auf dem verwaisten Notenständer sitzend, hob sie ihr Zauberstöckchen …

Wie weit ist doch das Reich der Musik – aber auch wie einseitig ist es doch vom leidigen Kampf der Geschlechter bestimmt! Selbst die Musikwissenschaft ist nicht in der Lage, zweifelsfrei zu beweisen, ob Schubert länger gelebt und gesünder komponiert hätte, wäre ihm eine tüchtige Hausfrau zur Seite gelegen. Doch während der Verfall der Künste schon längst Ballett und Theater homoerotisch ereilt hat, ist die Musik bis auf wenige Ausnahmen auch in diesem Jahrhundert dem anderen Geschlecht treu geblieben.

Als deshalb Frau von Hochsitz bei der Inspektion ihrer neuen Besitzungen feststellen musste, dass ihr und ihm etwas Wichtiges fehlte, während Karl erstarrend nicht wusste, woher nehmen und nicht stehlen, sprang sie schreiend auf und …

(Anmerkung des Herausgebers: Hier bricht die alte Handschrift ab.)

Doris Ruge

Es kann sich nicht wiederholen

Sie wusste nichts über Männer damals – fünfzehn war sie und er fünfunddreißig. Sie wusste nichts und ließ sich ein auf seine Musik, auf sein Lächeln, auf seinen Blick, der sie reifer machte und ihn jünger.

Sie verstanden sich wortlos in einem unsichtbaren Raum, schwebend in der Musik, weit weg von den Menschen um sie herum.

Seine Trompete erklang nur für sie, und erst mit ihrem letzten Ton verschwanden die unsichtbaren Wände, und die Menschen waren wieder nah. Sie hörte ihr Klatschen und wusste, sie hatten dieselbe Musik gehört und doch etwas ganz anderes.

Manchmal, wenn sein Blick dunkel wurde und ernst, traf er ihre Angst, und sie wich ihm aus. Ihr gemeinsamer Raum löste sich auf, und sie hörte die Musik wie alle anderen.

Der Trompeter sprach nur wenig, als sie sich trafen vor dem letzten Konzert, und seine Hand zitterte, als er ihr das kleine Hufeisen gab. Jünger geworden, dem Mädchen gleich, ohne den Abstand der Bühne, lächelte er ein scheues Lächeln. Nur ein paar Worte, leise und leicht. Sein Arm berührte ihre Schulter. Er musste gehen.

Seine Trompete spielte noch einmal für sie. Seine Augen behielten ihr Lächeln und fanden ihre Augen ganz ohne Angst.

Er spielte nur für sie – ein paar Sommerwochen lang … vor mehr als dreißig Jahren.

Die Sonne reißt ein Loch in ihren Traum, schmerzend hell hat sie das Fenster ihres Zimmers erreicht. Sie brennt auf ihrem Körper, bestraft die Trägheit des Schlafens und Träumens. Abgeschnitten der Blick des Trompeters, die Reise zurück, zerrissen die Gefühle. Das Mädchen ist wieder Frau.

Es war vor über dreißig Jahren … als sie noch nichts wusste, als alles noch offen war und neu. Es kann sich nicht wiederholen.

Die Augen des Bratschisten trafen sie – gestern, an diesem regnerischen Nachmittag, und sein Blick sagte: Da bist du ja! – Wie ein Erkennen nach all den Jahren. Der Musiker von damals, der Musiker von heute, Trompete und Bratsche wurden eins.

Er, nicht älter geworden, was weiß er von ihr, von dem Mädchen, das sie war, vom Schweben in den Tönen, die nur ihr gehörten, von den vielen ungesagten Worten, den Träumen?

Wieder trifft sie der Blick von der Höhe der Bühne, als er sich verbeugt mit den anderen, die Bratsche in der Hand: Schön, dass du wieder da bist! Er fängt ihr Lächeln auf, das noch der Erinnerung gilt. Seine Augen werfen es zurück – treffsicher im voll besetzten Saal … Tiefdunkel wird sein Blick und ernst. Sie weicht ihm aus.

Er spielt nur für sie und baut einen Raum, der sie von den

anderen trennt. Unsichtbare Mauern lassen den Abend zu ihrem werden, ohne ein Wort – weicher Traum, den die Sonne nicht vertreiben kann – bis zum letzten Ton des Orchesters, bis zum Schlussapplaus.

Wenn seine Musik sie erreicht, wenn seine Blicke und Gesten die Worte ersetzen, lehnt er sich an seine Noten, an Bratsche und Bogen und spricht mit ihr. Auf der Bühne ist er stark, ist er der Ältere, der Erfahrene.

Bis sie plötzlich voreinander stehen – am Tor zum Park: keine Bühne, keine Bratsche, keine Noten. Er lächelt ein anderes Lächeln, ist ganz nah, jung und scheu. Und sein Blick, tiefdunkel und ernst, findet ihre Augen – und sie weicht nicht aus.

Ein paar Schritte auf demselben Weg, ein paar Worte, für die sie neue suchen und mit den Händen Brücken bauen muss zwischen Polnisch und Deutsch, bis seine Hand an ihrer Schulter sagt: Bis gleich! Er geht zum Bühneneingang – ein schüchterner Junge, verwirrt von dem Treffen, erleichtert auf vertrautem Weg. Und sie geht zum Theatersaal – ein unwissendes Mädchen, schwebend zwischen Traum und Tag.

Auf der Bühne steht er sekundenlang, der Junge vom Park, bis er die Bratsche hebt, die Musik beginnt, die Stärke zu ihm zurückkehrt.

Ihre Augen sprechen weiter, verstehen sich zwischen Polnisch und Deutsch. Sie weicht seinem Blick nicht mehr aus, wenn er dunkler wird und ernst, nicht den Gesten, sichtbar für alle, doch zu verstehen nur für sie im unsichtbaren Raum.

Zu verstehen nur für sie: das Rosenblütenblatt in seiner Hand, als sie zusammentreffen vor dem großen Tor, die Musiker und ein paar Frauen aus dem Saal. Keiner sieht, wie es langsam wandert von seiner Hand in ihre, bevor alle miteinander reden in erwachsenen Gesprächen.

Sie spricht mit den anderen, versucht ihm zu erklären, was er nicht versteht, und streichelt das Blütenblatt in ihrer Hand, bis seine sich wieder darüber legt.

Die Hand will bleiben, er muss gehen. Seine Augen wollen bleiben, halten sich fest an ihren. «Du musst gehen», sagt sie. «Sie warten auf dich.» Er geht, dreht sich um, kommt noch einmal zurück, greift noch einmal nach ihrer Hand – der Junge.

Und am nächsten Tag wieder der Mann, der ein Solo spielt an ihrem letzten Abend – nur für sie.

Sie wünschen sich Glück zum Abschied, der Mann und die Frau, nach den wenigen Tagen, den wenigen Stunden in jungen Träumen, in denen alles offen war und neu. Sie wissen nicht, wann sie sich wirklich begegnet sind, und der Junge reicht dem Mädchen eine Rose – mit zitternder Hand.

Barbara Keller

Die Geschichte von Tom dem Waldkauz, der nicht mehr allein sein wollte

Es war am frühen Morgen des Weihnachtsabends. Überall im Buchenwald lag der Schnee einen halben Meter hoch. Flöckchen für Flöckchen hatte der Schnee alles zugedeckt: die Gräser, die Bäume, die Sträucher. Sogar den Bach, der sich sonst munter plätschernd und glucksend zwischen den Bäumen hindurchschlängelte. Zuerst war dieser von den Rändern her zugefroren. Dann hatte sich die Schneedecke darüber gelegt, und nur die Waldbewohner vermochten zu erahnen, wo der Bach zu finden war.

So auch Tom der Waldkauz, der sich auf dem dicken Ast der alten Buche niedergelassen hatte, um sich von seinem nächtlichen Streifzug auszuruhen. Er hatte eben ein Stückchen Fleisch verspeist, das der Fuchs übersehen haben musste. Tom hatte wenig Glück gehabt, etwas Essbares zu finden. Bei dieser Kälte blieb auch das hungrigste Tier lieber mit knurrendem Magen in seinem Bau.

Tom saß oben auf dem dicken Ast der Buche und hing seinen Gedanken nach. Heute Abend war der Weihnachtsabend, und wie im vergangenen Jahr würde er allein sein. All die anderen Tiere im Wald hatten eine Familie: Das Reh hatte seinen Hirsch, der Fuchs seine Füchsin, selbst die kleinste Maus hatte ihren Mäuserich. Und Kinder hatten sie auch. Nur er, Tom der Waldkauz, würde heute am Weihnachtsabend allein sein. Und wie er so dasaß und darüber nachdachte, wurde Tom sehr, sehr traurig, und große, dicke Tränen kullerten über sein Gefieder und plumpsten in den Schnee, wo sie sofort zu Eistränen gefroren.

Es war ein wunderschöner Weihnachtsmorgen, denn die aufgehende Sonne zauberte mit ihren gleißenden Strahlen ein Glitzern und Funkeln auf die Bäume und Sträucher des Waldes, sodass dieser sich in einen Schneepalast zu verwandeln schien. Aber Tom hatte dafür keine Augen. Er war sehr traurig darüber, dass er allein war. Und er wollte doch gerne eine Waldkauzfamilie haben. Aber dazu brauchte er eine Waldkauzfrau. Wo sollte er diese hernehmen? Wieder purzelten Tränen über sein Gefieder.

Das sah ein Engelchen, das hoch oben im Himmel überlegte, was es tun könne. Denn all die Wochen zuvor war es damit beschäftigt gewesen, Plätzchen und allerlei Zuckerwerk für die Menschenkinder zu backen. Aber das war jetzt vorbei. Und es langweilte sich, als es den schluchzenden Waldkauz im Wald entdeckte. Es überlegte nicht lange, sondern flog kurz entschlossen hinunter zu Tom, hockte sich neben ihn und fragte: «Warum bist du traurig?»

Tom blickte nicht einmal auf, um zu sehen, wer mit ihm sprach. Er schluchzte nur: «Weil … weil … weil … ich so allein bin und keine Familie habe wie die anderen Tiere im Wald!»

«Aber weißt du nicht, dass jedes Menschenkind und jedes Tier am Weihnachtsabend sich etwas wünschen darf?»

Tom horchte auf, und sein Schluchzen verstummte. – Hatte er richtig gehört? Oder wollte ihn jemand zum Narren halten? Mit wem hatte er es zu tun? – Ungläubig blickte er das Engelchen an, und das beantwortete prompt seine Frage, so als ob es Gedanken lesen könne: «Ich bin ein Engel. Auch wenn ich noch klein bin, ich kann dir trotzdem heute am Weihnachtsabend einen Wunsch erfüllen.»

Tom riss die Augen weit auf. «Du kannst mir helfen?», fragte er ungläubig, und gleichzeitig huschte ein Strahlen über seinen krummen Schnabel.

Das Engelchen nickte.

«Ach, ich bin so allein, und ich wünsche mir eine Waldkauzfrau, um eine Waldkauzfamilie zu gründen. Ich möchte auch eine Familie wie die anderen Tiere im Wald. Ich will nicht allein sein. Es ist doch Weihnachten.» Und dabei kullerten ihm wieder große, dicke Tränen über das Gefieder.

Das Engelchen blickte ihn hilflos an und fragte zaghaft: «Kannst du dir nicht etwas anderes wünschen? – Ein Feuerwehrauto oder ein Puppenhaus?»

Jetzt fing Tom erst recht an zu weinen. Was sollte er mit einem Feuerwehrauto oder einem Puppenhaus? – Er war ein Waldkauz, und er brauchte eine Waldkauzfrau, um eine Familie zu gründen. Sonst nichts! Wollte das Engelchen ihn nicht verstehen? Er wollte keine Spielsachen. Er wollte eine eigene Familie gründen. Aber davon hatte es wohl keine Ahnung. Und er weinte fürchterlich.

Das Engelchen begriff schnell, dass es einen Fehler gemacht

hatte. Tom war kein Menschenkind, aber es hatte bisher nur Wünsche von Menschenkindern erfüllt. Es war noch ein kleines Engelchen, und als kleines Engelchen durfte es auch Fehler machen. Aber es wollte seinen Fehler sofort wieder gutmachen, und so sagte es zu Tom: «Fliege getrost nach Hause! Ich werde sehen, was ich für dich tun kann.»

Aber Tom hörte dem Engelchen gar nicht mehr zu. Es hatte ihn am Schnabel herumgeführt und das an Weihnachten. Er war entsetzlich traurig, und er wollte niemanden mehr sehen und hören und schon gar kein Engelchen. Es war ihm alles piepschnurzegal. Er wollte nur nach Hause in seine Baumhöhle. Schluchzend breitete er seine Schwingen aus und machte sich auf den Heimweg.

Inzwischen war es früher Abend geworden, und im Wald war es wieder dunkel. Aber er hatte ausgezeichnete Augen, auch wenn die Sicht vom vielen Weinen etwas verschwommen war. Und außerdem hätte er den Nachhauseweg auch im Schlaf gefunden. Er sah die alte, verschneite Buche, in der hoch oben seine Höhle lag. Stand sie nicht auch ein bisschen abseits von den anderen Bäumen des Waldes?

Er landete, und als er den Türknauf zu seiner Baumhöhle runterdrückte, seufzte er: «Was für ein trauriger Weihnachtsabend!» Aber was war das? – «Fröhliche Weihnachten», kam es ihm entgegen. Und die Stimme kam aus seiner Höhle.

Sollte das Engelchen sein Versprechen doch wahr gemacht haben?! Tom der Waldkauz wagte nicht, sich zu rühren. Es hatte ihm die Sprache verschlagen, und er fürchtete, jeden Augenblick aufzuwachen. Aber dann stand sie vor ihm: seine Waldkauzfrau! Und was für eine hübsche! Er konnte es kaum glauben. Tom hatte immer noch Angst, dass alles nur ein Traum war. Aber die Waldkauzfrau stand da und lächelte ihn liebevoll an. – Und wie sah seine Höhle aus?! – Da standen ein Weihnachtsbaum mit vielen funkelnden Kugeln, ein gedeckter Tisch mit den köstlichsten Leckereien, im Ofen flackerte und knisterte ein Feuer, und Kerzenlicht verbreitete in seiner Höhle eine wohlige, kuschelige Wärme.

Die Waldkauzfrau legte ihren Flügel auf den seinen und flüsterte ihm zärtlich zu: «Von nun an wirst du nicht mehr allein sein. Denn ich werde bei dir bleiben.»

Toms Kehle war wie zugeschnürt. Er konnte kein Wort sagen, und seine Augen waren voller Tränen. Aber diesmal weinte er vor Glück. Er betrat die Baumhöhle mit der Waldkauzfrau an seiner Seite. Und diesmal würde es sein schönstes Weihnachtsfest werden, denn sein größter Wunsch war in Erfüllung gegangen: Er war nicht mehr allein. Und jetzt konnte er auch eine eigene Familie gründen.

Das Engelchen, das all das vom Himmel aus beobachtet hatte, seufzte erleichtert auf. «Puh, das ist geschafft! Tom der Waldkauz hat endlich seine Waldkauzfrau gefunden! Vielleicht kommen ja bald Waldkauzbabys zur Welt. Oder Junge, wie der Waldkauz sagen würde. Denn ein Waldkauz allein kann keine Jungen bekommen. Ich bin gespannt!»

Fröhliche Weihnachten!

Regina Jessen

Mittsommer-Melodien

Sommer in Schweden. Das ist Balsam für die Seele, wenn sich die Natur nach den kurzen frostklirrenden Tagen und langen dunklen Nächten in ihrer ganzen Pracht entfaltet. Die Menschen sprudeln über vor Lebensfreude und genießen die Sonne und Wärme in vollen Zügen. Sie ziehen hinaus in die Natur und feiern ihre traditionellen Feste. Glücklich, wer das miterleben darf, wie wir das Stämman-Fest in Hälsingland.

Unser Weg führte durch diese endlos erscheinenden, großen Tannenwälder, so dunkel, dass die Sonnenstrahlen die vielen mit Moos und Flechten überzogenen Felsbrocken kaum erreichen. Und dann die Stille und der würzige Duft – Augenblicke zum Durchatmen. Dort, wo die Sonne uns wieder fand, wurden wir empfangen von vielen tanzenden Mücken, die uns so nah umkreisten, als wollten sie uns ins Ohr flüstern: Es ist Sommer, endlich Sommer!

Vor unseren Augen lag die schwedische Landschaft, wie auf dem schönsten Kalenderblatt. Grüne Wiesen, hier und dort übersät mit gelben Blumen, der Himmel blau. Dazwischen die «faluröd» gestrichenen Holzhäuser mit ihren weißen Fenstern und Türen. Wie große freundliche Gesichter wirkten sie; die hochgewachsenen Birken drum herum wie der dazugehörige Haarschopf. Welch wunderbares Farbenspiel! In der Ferne hörten wir das Geschrei der Kraniche, die sich wieder an ihren gewohnten Plätzen am Bach niederließen, ganz nahe der Stelle, wo wir bei unserer Wanderung am Vortag hinter abgenagten jungen Bäumen eine Biberburg entdeckten.

Wir radelten den holperigen Schotterweg hinunter in Richtung Kirche. Der Wind trug uns den Duft von frischem Heu entgegen und Stimmen, die immer näher kamen und sich dann verloren im Geläut der Glocken, die mit vollem Klang zum Gottesdienst einluden. Nach einer Wegbiegung sahen wir endlich den mächtigen schwarzen Holzglockenturm: auf einem Hügel erbaut, den Naturgewalten trotzend als Zeichen für Halt und Beständigkeit. In seiner Nähe schien sich der blühende Apfelbaum besonders geborgen zu fühlen, übersät mit zartrosa Knospen, die sich vom tiefen Schwarz des Turms wie leuchtende Perlen abhoben. Die fast zierlich wirkende weiße Kirche strahlte vor einer blauen Kulisse aus Wasser und Himmel einladende Freundlichkeit aus.

Ein kleines Mädchen mit langen blonden Haaren drückte mir unter den fürsorglichen Blicken einer älteren Frau das svenska psalmbok in die Hand. Wir fanden in einer der hinteren Reihen Platz und nahmen die kunstvolle Ausstattung des Kirchenraumes wahr: die großen hellen Fenster und die Säulen, auf denen die getragenen Bögen ruhten. Es wurde still. Plötzlich holten uns gewaltige Klänge der Orgel wie Paukenschläge in die Realität zurück. Die Festgemeinde stimmte ein in die Musik, und das Loblied Gottes erklang so kraftvoll, als wollte es die Mauern sprengen und den Himmel erreichen. Die Flügeltüren öffneten sich ganz weit, und Geigen erklangen. Junge Menschen kamen musizierend in die Kirche, wir erhoben uns. Zwei Pastoren, würdevoll schreitend in langen Roben, führten den Zug zum Altar an. In der Farbenpracht der Trachten, der Leichtigkeit der Musik und im Hauch der hereingetragenen Wärme hielt der Sommer Einzug. Als die Geigen verstummten, erklangen Worte des Dankes und der Fürbitte. Der Segen Gottes, wie schwebend in diesem Raum, schien unsere Seelen zu berühren in diesem stillen Augenblick der Einkehr.

Die Geigen mit ihrem einschmeichelnden Klang führten uns wieder hinaus in die Sonne. Vor dem reich verzierten Portal warteten weitere Spieler. Sie schlossen sich dem Zug an und gaben ihm das Geleit durch die lange Birkenallee mit ihrem zarten Blätterdach, das Raum ließ für weiche Sonnenstrahlen. Auf einer großen Wiese wurde die Festgemeinde freudig begrüßt von vielen Menschen. Frauen, Männer und Kinder spielten dort auf ihren Geigen. Sie wirbelten durcheinander wie ein Bienenschwarm und entlockten ihren Instrumenten unstimmige Töne. Ein wunderbares Durcheinander! Erst dem lautstarken Klang der Luren gelang es, Ruhe und Aufmerksamkeit zu erregen.

Zwei kräftige Fahnenträger traten aus der Menge und setzten sich gemächlichen Schrittes in Bewegung. Ihnen schlossen sich Hunderte von Geigenspielern an, um gemeinsam den Weg hinauf zum Freilichtmuseum einzuschlagen. Wir eilten mit einer Schar Schaulustiger voraus, um einen guten Platz am Wegessaum zu erhaschen.

Nun geschah es: Alle Geigen vereinten sich zu dieser einen einfühlsamen Melodie, die immer wieder dort begann, wo sie gerade geendet hatte. Wie gebannt folgten wir. Im nahen Freilichtmuseum löste sich der bunte Prozessionszug auf und ergoss sich zu einem Fest der Lebensfreude. Zu den Geigen gesellten sich viele andere Instrumente. Überall in, um und zwischen den alten dunklen Holzhäusern wurde musiziert. Da saß im Schatten der ausladenden Kiefer eine alte Schwedin auf ihrem Instrumentenkoffer und spielte unermüdlich ihr Akkordeon. Das dunkle Instrument erschien viel zu schwer auf ihrer weißen Trachtenschürze, doch sie beherrschte es so kraftvoll, als gehöre es von jeher zu ihr. Ihr faltiges Gesicht, umrahmt von weißem Haar, das unter einer Spitzenhaube hervorschaute, strahlte vor Freude und Zufriedenheit. Musikanten in schwarz-rot-weißen Trachten spielten temperamentvoll und fröhlich schwedische Volksweisen.

Mitten auf dem Rasen übten sich junge Leute barfüßig mit Schlapphüten und Stirnbändern in Jazz. Erste missglückte Versuche lösten bei ihnen unbefangenes, herzhaftes Lachen aus, bis es dem jungen Mann mit dem Zopf gelang, sich mit einer Klarinette durchzusetzen und die Gruppe zu einem harmonischen Miteinander zu führen. Und dann stand da dieses zierliche junge Mädchen mit seiner Geige. Es spielte Wiener Walzer und bewegte sich im Einklang mit der Musik. Sie zog andere Musikanten in den Bann dieser Musik. Sie fügten sich ein in die Klänge «Wiener Blut», plötzlich gespielt von einem ganzen Orchester. Klänge und Körper verschmolzen, und alles war nur noch Walzer. Auch wir wiegten uns im Dreivierteltakt.

Der Tanzboden in der Mitte des Festplatzes, umgeben von hohen Birken, war mit bunten Bändern, Blumen und grünen Zweigen geschmückt. Eine Kapelle spielte schwedische Polka, und alle Paare bewegten sich in einem großen Rundherum, erst schreitend, dann, ganz eng aneinander geschmiegt, in kurzen schnellen Drehungen. Einige junge Paare in bunten Trachten beherrschten ihre Schritte so sicher und perfekt, dass der Holzboden unter ihren Füßen lautstark und im Rhythmus der Musik zu federn begann. Die Mitte der Tanzfläche war voll mit Kindern, die es den Großen gleichtun wollten und übermütig herumwirbelten.

Auf dem frisch gemähten Rasen inmitten des Geschehens lagerten die Familien auf ausgebreiteten Wolldecken. Die breit ausladenden Taschen und bunt bemalten Spankörbe enthielten alles, was sie bis Mitternacht brauchten. Mütter wickelten ihre Babys, und Großeltern gaben Trost bei kleinen Kümmernissen. Alle aßen, tranken, sangen, erzählten und lachten.

Diese unbeschwerte Atmosphäre zog sich hin, bis die Sonne als feuerroter Ball im fernen Dellen-See verschwand. Dann fassten sich alle an den Händen und sangen gemeinsam das Abschiedslied in Zufriedenheit und Dank und auch mit etwas Wehmut.

M. H. Rasmus

Rosen im Herbst

Es ist Samstag. Ich sitze in meiner Wohnung am Schreibtisch und korrigiere die Klassenarbeiten meiner Schüler. Wenn ich aus dem Fenster schaue, sehe ich den grau verhangenen Himmel und die Regenschirme der dahineilenden Menschen.

Das Trommeln der Regentropfen auf meinem Fensterbrett begleitet meine eintönige Arbeit.

Plötzlich klingelt es an meiner Wohnungstür. Es ist der Postbote.

«Ein Einschreiben, Fräulein Dahlmann. Hier bitte unterschreiben.»

Verwundert betrachte ich den schmalen, dünnen Karton. Wer sollte mir etwas schicken? Ich lese den Absender: Hermann Wolter. Wie ein Blitz zuckt eine Erinnerung in mir auf, und der Tag mit diesem Schriftsteller steht vor meinen Augen.

Es war während meiner Referendarzeit. Ich arbeitete an einem Vortrag über die Werke Hermann Wolters.

Er schien vergessen zu sein, denn in den letzten Jahren war kein Buch mehr von ihm erschienen.

Ich beschloss, ihn aufzusuchen. Von einem Verlag erhielt ich die Auskunft, er wohne in einem kleinen Dorf im Bayerischen Wald.

An einem wunderschönen Herbsttag fuhr ich mit meinem Wagen dorthin. Ich hielt vor dem einzigen Gasthof des Dorfes und betrat die Gaststube. Ich fragte nach Hermann Wolter.

«Da werden Sie wohl kein Glück haben», sagte der Wirt, «seit dem Tod seiner Frau lässt er niemanden zu sich.»

Ich sah ihn betroffen an. «Wenn Sie ihm gelbe Rosen mitbringen, die hat er gern. Vielleicht nützt das was.»

Er nannte mir eine Gärtnerei.

Einige Zeit später stand ich, mit dem Rosenstrauß in der Hand, klopfenden Herzens vor dem Haus des Schriftstellers. Ich klingelte am Vorgartentor. Die Haustür öffnete sich einen Spalt, ein Kopf mit wirren Haaren schaute heraus, und eine mürrische Stimme rief: «Was wollen Sie?»

Das war nicht der Dichter, den ich erwartet hatte. Das war ein alter griesgrämiger, ungepflegter Mann. Enttäuscht sah ich ihn an.

Plötzlich schien er meine Rosen zu bemerken. Er öffnete die Tür vollends, trat heraus aus dem Haus und kam auf mich zu. «Gelbe Rosen», sagte er und blickte zärtlich auf den Strauß. «Wissen Sie auch, was sie für mich bedeuten?» Ich schüttelte den Kopf.

«Warten Sie hier», sagte Hermann Wolter. Er ging zurück ins Haus, holte sich eine Strickjacke und seinen Stock.

«Wir gehen zum Friedhof.» Mit diesen Worten kam er durch die Gartentür und ging an mir vorbei auf einen Wiesenpfad zu, ohne sich nach mir umzublicken. Der Wiesenpfad war so schmal, dass wir nur hintereinander gehen konnten.

Als wir den Friedhof erreicht hatten, brach er sein Schweigen.

«Meine Frau ist vor drei Jahren gestorben. Sie liebte gelbe Rosen.»

Wir standen vor dem Grab. Der Schriftsteller hockte sich nieder, nahm aus der Grabvase die verblühten Blumen heraus und reichte mir die Vase. «Holen Sie Wasser.» Ich tat, was er befahl. Er nahm meinen gelben Rosenstrauß, tauchte sein Gesicht hinein, sog den Duft ein und sagte, indem er mir die mit Wasser gefüllte Vase abnahm: «Vierzig Jahre haben wir zusammengelebt. – Dann ging sie über Nacht plötzlich von mir.»

Er steckte die Grabvase ins Beet, erhob sich und setzte sich auf eine Bank, die am Rande der Grabstätte stand.

Während er schwieg und mit seinen Gedanken weit fort zu sein schien, betrachtete ich sein Gesicht. Es war wohlgeformt. Das grauweiße Haar war zurückgewichen und gab die hohe Stirn frei. Seine blauen Augen strahlten Wärme aus.

Plötzlich sah er mich zum ersten Mal an. «Sie sehen meiner Frau ähnlich. – So etwa sah sie aus, als wir heirateten.»

Und einem Impuls folgend, meinte er: «Soll ich Ihnen mal erzählen, wie ich sie kennen lernte?» Ich nickte.

«Ich war noch nicht sehr bekannt als Schriftsteller», begann er seine Erzählung, «aber mein erstes Buch war gerade erschienen.

Ein Freund hatte mich zu der Premiere des ‹Rosenkavaliers› eingeladen, den er dirigierte. In der Pause eilte ich in den Erfrischungsraum des Opernhauses. Dort war ein ziemliches Gedränge.

Ich hatte gerade ein Glas Rotwein ergattert, als jemand gegen meinen Ellbogen stieß und ich den Wein verschüttete, ausgerechnet auf das Kleid eines hübschen jungen Mädchens. Ihre Augen funkelten mich an.

‹Passen Sie doch auf›, rief sie aufgebracht und sah auf ihr Kleid nieder, ‹wie sehe ich jetzt aus. So kann ich doch nicht wieder in die Loge gehen.›

Ich entschuldigte mich und schlug ihr vor, das Theater zu verlassen und in einem Gasthaus außerhalb der Stadt das Abendessen mit mir einzunehmen. Als Sühne wollte ich sie einladen.

Wissen Sie», unterbrach Hermann Wolter seine Erzählung, «ich sah dieses hübsche Mädchen mit den funkelnden, rehbraunen Augen und verliebte mich sofort in sie. Sie sah bezaubernd aus in ihrem gelb-weißen Tüllkleid.»

Er verstummte und schien einen Augenblick nachzudenken. Dann lachte er erinnernd auf. – «Ich brauchte meine ganze Überredungskunst, um Gabriele, so heißt meine Frau, zu überzeugen, dass sie sich ruhig mir anvertrauen konnte. Nach einigem Zögern willigte sie ein. Wir hatten einen schönen Abend zusammen.»

«Und Sie heirateten bald?», fragte ich. Er schüttelte den Kopf.

«Ich sah sie erst ein halbes Jahr später wieder, bei einer öffentlichen Lesung. In der Pause stand sie plötzlich vor mir. Wir sahen uns an und wussten, dass wir die ganze Zeit aneinander gedacht hatten, dass wir uns liebten.

Ich nahm eine Visitenkarte, kritzelte Treffpunkt und Uhrzeit darauf und gab sie ihr, während ich sie fragend anblickte.

Sie schaute kurz darauf und nickte.

Als ich an jenem Tag zum Treffpunkt in den Park kam, stand sie schon vor dem Brunnen und erwartete mich. Sie hatte in Erinnerung an den Opernabend ihr gelb-weißes Tüllkleid angezogen. Auch ich hatte jenen Abend nicht vergessen und daher einen Strauß gelber Rosen mitgebracht. Sie sah mich strahlend an und sagte: ‹Meine Lieblingsblumen. Gelb ist meine Lieblingsfarbe.› – Seitdem haben gelbe Rosen unseren Lebensweg begleitet.»

«Schreiben Sie über Ihr Leben», sagte ich spontan zu Hermann Wolter, als er geendet hatte. Er schüttelte den Kopf.

«Seit dem Tod meiner Frau schreibe ich nicht mehr. – Ich bin auch gestorben. In mir ist alles tot.»

«Das ist bestimmt nicht im Sinne Ihrer Frau», erwiderte ich, «sie wäre sicher sehr traurig, wenn sie das wüsste und Sie so mutlos sähe.»

Er sah mich lange an. «Sie mögen Recht haben», sagte er.

Der Schriftsteller erhob sich. «Es wird dunkel», sagte er, «wir wollen den Heimweg antreten.»

Wir hatten sein Haus erreicht. Die letzten Schritte ging er ohne Stock. Er wirkte wie erlöst, als hätte er lange schweigen müssen. Seine Augen glänzten, als er meinte: «Trinken wir noch ein Gläschen Rotwein bei mir?» – Ich nickte freudig.

Ich habe das Päckchen ausgepackt und schaue mir das Buch an. «Rosen im Herbst» ist der Titel. Es ist seine Lebensgeschichte, und sie ist mir gewidmet.

Hille Lux

Gregors Lieder

Der Garten grenzte an das steil abfallende Ufer zum Meer. Ein Maschendrahtzaun schützte vor einem eiligen Schritt zu viel, der unweigerlich den Absturz zur Folge gehabt hätte. Der Garten gehörte Tante Cora, der Schwester von Lauras Mutter. Er schloss an ein herrschaftliches, weinberanktes Haus an, das der Großvater für seine Familie und sich gebaut hatte. Von Sommerferien zu Sommerferien träumte Laura von diesem Garten, in dem sie sechs Wochen im Jahr leben durfte.

Im Garten schien alles ineinander zu wachsen und trotzdem geordnet. Die Büsche hingen voller Beeren, pralle Stachelbeeren mit fester Haut, rote und schwarze Johannisbeeren, die beim Naschen den Mund zusammenzogen, und samtige Himbeeren, die sich auf der Zunge zerdrücken ließen.

Tante Cora hatte die einzelnen Beete im Garten mit Wegen voneinander abgetrennt, die sie mit ihren schweren Holzschuhen in die Erde getreten hatte, erst längs Fuß neben Fuß, dann quer Fuß neben Fuß. Etliche Beete waren mit Monatserdbeeren eingefasst, die unermüdlich fruchtbar Walderdbeeren ähnelten und süß schmeckten. Es duftete nach Blüten und Kräutern, emsige Bienen summten und sammelten ihre Tracht. Über allem rauschten ausladende Kronen von Apfel-, Birnen-, Kirschen- und Pflaumenbäumen. Die ersten Äpfel, die Sommerscheiben, reiften in dieser Zeit, und einige fielen ins Gras.

In einer Ecke des Gartens, nahe der Steilküste, versteckt hinter einer durch Weißdorn und Holunder fast zugewachsenen Laube, hatte sich der Maschendraht etwas gelöst und ließ sich so weit aufbiegen, dass Laura hindurchschlüpfen konnte. Einige Schritte davon entfernt führte eine bröckelige, grasbewachsene Steintreppe zum Strand hinunter. Nur einige Fischer und Laura schienen sie zu kennen. Unterhalb der Klippe, die sich vom unermüdlichen Seewind zausen ließ, lagen gestrandete Boote. Ihre Farben blätterten brüchig ab. Mit nackten Füßen stand Laura im nassen Sand am Wasser und beobachtete die Möwen, wie sie aufstiegen und fielen, bis sie ihrer Flugkünste müde war.

Zurückgekehrt in den Garten, schlüpfte Laura in die verwunschene Laube. Sechs Wochen wartete dort ein Märchenbuch aus Tantes Bücherschrank, fremde Märchen, in deren Welten Laura versank.

An einem Nachmittag, als sie sich der Laube näherte, hörte sie schon von fern einen Gesang, wie sie sich den Gesang von Sirenen vorstellte, die mit ihren Stimmen Schiffe an Felsen locken und zerschellen lassen. Vor einigen Tagen hatte sie so ein Märchen gelesen.

In der Laube auf der Bank am Tisch saß ein Junge, der, etwa zehnjährig, in ihrem Alter sein mochte. Er hatte einen kurz geschorenen Kopf, braune Nussaugen und trug eine im Bund viel zu weite graue Hose, die von brüchigen schwarzen Hosenträgern gehalten wurde. Sein ebenfalls graues weites Hemd hing teilweise aus der Hose. Mit heller, klarer Stimme sang er Lieder in einer fremden Sprache. Atemlos lauschte Laura ihm und dachte, er heißt Gregor und singt nur für mich. Bis zur Abenddämmerung füllte seine Stimme den Garten, und in Laura stieg ein Sehnen auf, das sie bis dahin nicht gekannt hatte. Als Gregor plötzlich aufsprang und sein kurz geschorener Kopf und das flatternde graue Hemd hinter der Laube verschwanden, lief sie ihm nach und sah, wie er die bröckelige, grasbewachsene Steintreppe zum Strand hinabkletterte.

Zögernd folgte sie ihm dorthin, wo er verschwunden war. Mit nackten Füßen stand sie am Wasser und beobachtete das Boot, in dem Gregor saß und sich immer weiter entfernte. Sein lockender Sirenengesang erreichte sie noch, als sich der kurz geschorene Kopf und das flatternde graue Hemd längst zwischen Wellenbergen aufgelöst hatten.

Nachmittag für Nachmittag wartete Laura beim Märchenbuch in der Laube und am Strand, doch Gregor kehrte nicht zurück. Nur seine Lieder tönten in ihr fort.

Jahre später, das Sehnen nach Gregors Liedern verstummte in Laura nie, kehrte sie noch einmal zurück. Am Steilufer stand das Haus. Putz blätterte ab, die Dachschindeln waren bemoost, der Wein stellenweise vertrocknet, das Holz der Fensterrahmen von Sonne, Wind und Regen gerissen und verwittert. Tante Cora wohnte längst nicht mehr dort. Im Garten verschwanden die ausgetretenen Wege unter Gras und Unkraut, einzelne Beete waren nicht mehr erkennbar. An den Beerensträuchern hingen nur wenige Früchte. Aber Bienen summten und suchten emsig in duftenden Blüten nach Tracht. Die ausladenden Kronen der Apfel-, Birnen-, Kirschen- und Pflaumenbäume rauschten. Sommerscheiben lagen im Gras.

Als Laura sich der Gartenecke näherte, wo die Laube stand, hörte sie plötzlich hell und klar Gregors Stimme Lieder in einer fremden Sprache singen. Die Laube war zusammengebrochen und von Weißdorn und Holunder überwuchert, doch es tönte aus ihr heraus und lockte Laura dann mit Sirenengesang zur Lücke im Zaun, die sie aufbog und sich mühsam durch die enge Öffnung zwängte. Sie stieg die abgebröckelte, grasüberwachsene Steintreppe zum Strand hinab. Dort lagen gestrandete Boote in leuchtend roten, gelben und blauen Farben. Ihr Lack strahlte im Sonnenlicht.

Mit nackten Füßen stand Laura im nassen Sand am Wasser, beobachtete die Möwen, wie sie aufstiegen und fielen, und den Himmel, an dem sich einige Wolken wie Eisgebirge türmten. Am Horizont zog ein Schiff fort, weit draußen brachen sich Wellen an einem Riff und gischteten hoch. Das war das Reich geschlungener Pflanzen, Fische, Steine, in dem Neptun regierte.

Dort draußen zwischen flimmernden Sternen, die wie Goldstaub auf dem Wasser tanzten, schaukelte ein Boot, in dem ein etwa zehnjähriger Junge saß, ein Junge mit kurz geschorenem Kopf, braunen Nussaugen und einem weiten grauen Hemd – Gregor. Mit heller, klarer Stimme sang er für sie Lieder in einer fremden Sprache und winkte: Komm, komm. Und ihre Fußabdrücke blieben im nassen Sand zurück, bis die nächste Welle sie fortspülte, als hätte es sie nie gegeben.

Sabine Rheinhold

Museumsnacht

Fritz Pfeifer war vorsichtig geworden. Wer der bürgerlichen Wurzeln verlustig gegangen ist, muss sicher auftreten, um nicht vollends den Halt zu verlieren. Wer die strenge Teilzeitkraft an der Kasse des Museums passieren will am kostenlosen Mittwochabend, der muss zielbewusst gehen und entschlossen die Papiertüte verteidigen. Muss sagen, dass da der Zeichenblock drin sei. – «Sehen Sie, hier! Und das da sind die Stifte.» Das Päckchen darunter kann der Wärter am Eingang nicht sehen, weil es unter der Zeitung steckt. Und die Jacke geht mit durch, jetzt, im Winter. Sein Besuch im Museum ist längst Routine. Das Reinkommen hat er inzwischen gelernt: Schultern gerade, den Kopf anheben, ein klein wenig zurückbiegen und an der Nase entlang nach unten schauen. Entschlossen die Füße setzen. Funktioniert. War aber nicht einfach, sich das beizubringen.

Verlor gleich – er war kaum auf der Welt, hatte gerade ein bisschen, ganz leise, gepiept – zu Anfang ein f aus seinem Namen, der Pfeifer, weil die Hebamme bei der ersten Eintragung mit den Gedanken schon ein Dorf weiter war. Also heißt er nie im Leben Pfeiffer. Ist inzwischen längst Altgeselle, mit weniger, dafür ein bisschen grauen Haaren. Hat die Arbeit verloren, weil der Chef mit der Sargtischlerei allein nicht zufrieden war und Kücheneinrichtungen dazunehmen wollte – das war falsch kalkuliert. Wer lässt schon Küchen von einem Tischler bauen, den er kennt, weil er auch Särge macht! Da war der Altgeselle Fritz einer zu viel im Betrieb. Hat schließlich sogar die eigene Wohnungstür verschlossen gefunden, und das Schloss war ausgewechselt, weil seine Louise – mit *ou*, was Besseres – irgendwann nicht mehr seine Louise war. Sie hat den Mann nicht mehr ausgehalten, der immer mit seinen Tischlerfingern über die Kanten strich und murmelte: «Was gäb das einen feinen Kasten …» War in eine Pension hinter dem Busbahnhof gezogen, Fritz Pfeifer, drei Zimmer, zwei Mann pro Raum, ein Waschbecken mit Toilette im Flur, Küchenbenutzung dreimal am Tag 15 Minuten.

«Schließung in einer Stunde», hatte der Museumswärter im Erdgeschoss gesagt, da, wo die Postkarten vom großen Prachtsaal mit den Schiffsmodellen verkauft werden und die Broschüren und die Bastelbögen. Fritz Pfeifer hat genickt, weil er's ja weiß – ist schließlich sein Mittwochabend. Die Mittwochabende sind immer voll, weil es nichts kostet. Noch hat die Stadt das

Geld für freien Eintritt – da kann der Direktor der Bildung eine Gasse bahnen. Pfeifer schreitet bedachtsam die breite Treppe hoch zum ersten Stock, biegt ab nach rechts, vorbei an den Dokumenten zur Stadtgeschichte aus glorreicher Zeit – «Sieh mal, da war der Kaiser in der Stadt.» –, und geht los auf die nächste Treppe. Die ist schon steiler, kein Teppichboden, nur noch Linoleum, wie früher in der Schule. Immer noch viele Besucher sind um ihn herum, eine Mutter mit zwei kleinen Mädchen im Löcher-in-den-Bauch-frage-Alter: «Wann kommen wir zu der großen Puppenstube? Du weißt doch, Mama, mit dem Laden und den Stoffen und den kleinen roten Sofas wie bei Tante Mimi? Mama, wann?» Die andere Tochter, immerhin schon dreizehn, mustert den einen Augenblick lang unentschlossen stehenden Fritz Pfeifer. Der beugt sich sogleich, auf das angestrengteste interessiert, über einen Schaukasten mit handgeschriebenen Kochrezepten aus den Kriegsjahren.

Aufmerksamkeit kann er gar nicht gebrauchen – er hat doch was vor, heute. Durchquert die Säle mit den Tassen, Tellern, Kannen, Töpfen von 1881 bis zur Gegenwart: Küchenprodukte und edle Service-Sammlungen aus der hundertzwanzig Jahre alten Porzellanfabrik – größter Arbeitgeber am Ort, der die Dauerausstellung bezahlt hat und dafür einmal im Jahr in diesen Räumen den erlesenen Kreis der örtlichen Honoratioren begrüßen darf, als sei's sein eigener Salon. Pfeifer wird es immer unbehaglich hier drin, und irgendwann weiß er, warum: Louise hat damals das Grüngoldene gesammelt mit zwölf Tassen und Tellern rund um den Tisch, wo es doch nie eine Gelegenheit dafür gab, und immer hieß es nur: «Pass doch auf, Fritz, du mit deinen unegalen Händen.» oder «Aber nicht das gute Geschirr, sind doch heute nur Irmchen und Heinz, und die Kinder sind so wild …» Pfeifer hat inzwischen die Mutter mit den beiden Mädchen abgehängt, läuft an alten Abbildungen großer fremder Städte vorbei, an Landkarten und Tafeln mit aufgeklebten

Bodenproben, geht durch einen langen Gang, in dem hängt Ölgemaltes, darstellend die früheren Direktoren des Hauses, biegt ab vor den in die Wand eingelassenen Kästen mit regionalen Steinzeitfunden und steht vor einer neuen Treppe. Ein paar Stufen hinab, ein kurzer Weg durch eine Art Diele voller Ackergeräte, auf der anderen Seite wieder hinauf – er ist am Ziel. Das kleine handgeschriebene Schild links neben der angelehnten Tür weist den Raum aus als Studierstube des ortsansässigen Dichters – genauer gesagt: einer Dichterin –, wenig bedeutende Tochter der Stadt aus der Zeit ihres eigenen «Sturms und Drangs», worunter sich Pfeifer nicht wirklich etwas vorstellt. Er stößt vorsichtig die Tür auf. Die Gestalt am Tisch, die Denkerstirn in die linke Hand gestützt, bemerkt ihn nicht. Wenn doch, würde auch das ihr keine Reaktion abnötigen – die Bewohnerin des Raumes ist aus Pappmaché und hat ein Stoffgesicht, ihr Sitz im hochlehnigen Stuhl ist seit Jahrzehnten unverändert. Pfeifer bleibt stehen und atmet tief ein. Er nimmt den Raum in sich auf, den Geruch von Holzpflegemittel, das in großen Abständen angewandt wird, um den quadratischen Tisch aus altersdunklem Holz abzureiben – von Holz versteht Pfeifer was – und die Täfelung an drei Seiten des kleinen Raums zu reinigen. Die vierte Seite zeigt ein Fenster, hinter dem ein phantasievoller Praktikant des Museums vor Jahresfrist eine Glühbirne installiert und so einen rührenden Anschein von Sonneneinstrahlung hervorgerufen hat. In einer Ecke ein Sessel – dunkelgelber Plüschsamt, eingefasst durch goldfarbene Bordüre, am Boden eine Fußbank, mit gleichem Stoff bezogen – beides gestiftet durch ein Möbelhaus am Stadtrand. Von einer Armlehne zur anderen hängt eine rote Kordel, die unehrerbietige Gäste am Sitzen hindern soll. Davor, am Boden zusammengerollt, stumpf, struppig, aber gekennzeichnet als «echtes Fell», ein ausgestopfter Hund. Ein hochbeiniges Bett an der linken Wand, so kurz, wie es zu Pfeifers immer wiederkehrendem Staunen in früheren Zeiten wohl üblich war, Plumeau und Kopfkissen bezogen mit sanft vergilbtem, weißem Bettzeug. Klapptüren davor – warum man das früher bloß so machte. An der Wand gegenüber ein Waschtisch mit Kanne, Schüssel, darunter der Nachttopf. Pfeifer denkt, ganz kurz nur, an die Pension hinter dem Busbahnhof, schüttelt seinen verständlichen Einfall aber schnell aus dem Kopf. In gehörigem Abstand ein kleiner Schrank mit Büchern hinter Glas: Werke der Stubenbewohnerin, darunter eine Geschichte, die alle Grundschulkinder der Stadt einmal gelesen und wieder vergessen haben. Aber auch die Riesen der Zunft: Goethe, Schiller, Jean Paul, von dem Pfeifer leider nichts weiß. Schließlich, ebenso unzeitgemäß wie erheiternd, ein Exemplar «Emil und die Detektive». Pfeifer steht noch immer an der Tür und schaut auf seinen Raum. Der gehört nämlich ihm an diesen Mittwochabenden – wenn er es schlau anfängt und schnell. Noch drei Minuten, ehe der Sturm losbricht, dem die Ruhe folgt. Leise, auf Zehenspitzen, so weit seine ramponierten Schuhe das zulassen, bewegt sich Fritz Pfeifer über die Holzdielen, öffnet die Klapptüren vor dem Dichterbett und klettert – mühsam, denn die langen Tage im Freien lassen die Knochen jammern – in den Raum dahinter, sicherheitshalber unter das Plumeau. Hält die Luft an, um nicht niesen zu müssen, und zieht die Tür zu bis auf einen Spalt. Er weiß: Jetzt eilen die Aufseher durch die Räume, die Flure entlang, die Treppen hinauf und hinab, um die letzten Besucher höflich, aber endgültig hinauszutreiben. Unten im Erdgeschoss hat die Frau im Postkartenladen die Tageskasse geprüft, schließt die Garderobiere zwei liegen gebliebene Schirme weg, und der Direktor setzt den Hut auf, um durch die Winterkälte davonzugehen – das Museum ist geschlossen. Fritz Pfeifer atmet aus. Bleibt liegen mit angezogenen Beinen, horcht in die Dunkelheit, hört nichts. Und hört doch ganz viel, denn in alten Häusern, Museen zumal, die so viel eingesammelte und aufgetürmte

Geschichte beherbergen, ist es nie ganz tonlos. Pfeifer drückt die Klapptüren behutsam auf, kriecht heraus aus dem Bett und faltet sich mühsam auseinander. Streckt sich, dreht sich einmal um sich selbst in seiner Stube, gewöhnt sich an die Dunkelheit und wagt einen Schritt. Dorthin, wo der Schalter sein muss für die sonnenlichtspendende Glühbirne vor dem Fenster. Ein kleines, aber nicht ungemütliches Licht füllt das Zimmer. Pfeifer trägt einen Museumshocker aus dem nächsten Raum herbei – will nicht die rote Kordel abnehmen und sich auf den gelben Samtsessel setzen oder gar auf das Bett, das jetzt wieder nach Ausstellung aussieht. Er stellt den Hocker an den Tisch, setzt sich der Dichterin mit der aufgestützten Hand gegenüber, breitet die Zeitung vor sich aus und legt darauf das Päckchen aus der Tüte. Entfaltet das Papier, heraus kommen ein Stück Käse, ein Brotkanten, ein Ende Wurst. Aus der einen Jackentasche zieht Pfeifer eine Flasche Rotwein, halb voll, gut verkorkt, zwei Becher aus der anderen. Stellt den einen vor die Pappfrau, den anderen vor sich auf und schenkt ein, ihr zuerst – man weiß, was sich gehört. Wickelt ein Küchenmesser aus dem Taschentuch und schneidet Brot, Käse und Wurst in mundgerechte Stücke. Trinkt dem Gegenüber zu und sagt: «Fröhlichen Nikolaus, die Dame.» Es ist nämlich der 6. Dezember.

Isst ein Stück Käse, der Pfeifer, kaut auf dem Brot und beginnt zu erzählen. Fängt an bei der Schule im Dorf, als sie ihn geneckt haben, weil er als einziger Pfeiffer sein f verloren hatte und kein Geld da war, das wieder zu richten. Erzählt vom Nikolausabend zu Hause, wenn jeder eine Süßigkeit im Schuh fand oder ein Stück Obst. Weiß nicht genau, ob das wirklich seine Erinnerung ist oder die von jemand anders.

Die Dichterin ihm gegenüber ist da großzügig – hat es, wie alle ihrer Art, wohl auch nicht immer so genau genommen mit dem Grund, auf dem ihre Geschichten wuchsen. Fritz Pfeifer erzählt vom ersten Lehrjahr – ein gutes Jahr, die Tischlerei hatte die Bücher voller Aufträge. Erzählt von seinem einen einzigen Gedicht, für Louise, gereimt. Ach, Louise! Stolz tritt sie auf, eben eigentlich zu Höherem geboren, aber dann doch die Seine. «Weißt du noch, unser erster Nikolausabend?», fragt Fritz Pfeifer und schlägt auf den Tisch vor Schreck, dass er die Frau aus Pappmaché mit seiner Louise über eins gesehen hat. Für Schläge von einem Tischleraltgesellen ist aber der Museumstisch nicht gerüstet. Gerät ins Wackeln, der Dichterin rutscht der Papparm weg, ihr Oberkörper fällt geräuschvoll auf den Tisch, der Kopf rollt über den Bretterboden. Ganz starr vor Entsetzen wird der Fritz, sitzt da, als sei nunmehr auch er aus Pappmaché. Tut keinen Muckser. Weiß nicht, was ihm mehr Angst macht – die Frau, die sich vielleicht bewegt hat, oder der Arm, der abgewinkelt auf dem Tisch liegt, der Kopf, der immer noch ein bisschen trudelt. Er schilt sich einen Affen, weil das eine nicht sein könne, das andere aber nicht sein dürfe. Steht langsam auf, schiebt sich bedächtig um den Tisch herum, schaut auf die Trümmer, besinnt sich auf seine handwerklichen Fähigkeiten und fasst wieder Mut. Nimmt behutsam erst ein Teil, die Schulter. Dann ein anderes, den Arm. Nimmt eines nach dem anderen in die Hand, probiert, hier etwas festzustecken, dort ein Kleidungsstück der Dame zu Hilfe zu nehmen. Kommt ins Schwitzen, der Fritz, redet mit sich, trinkt ab und zu einen Schluck Rotwein – mal aus dem einen Becher, mal aus dem anderen. Setzt den Kopf wieder auf den Hals, strafft das Gesicht aus Stoff, der Ausdruck wird dabei ein ganz klein wenig anders. Hat endlich die Dame ganz passabel wieder hinbekommen, prostet ihr zu, hat sich beruhigt. «Willst du noch ein Stück Wurst?», fragt er und deutet ihr Zögern richtig. «Nein? Dann ess ich es – verkommen soll's ja nicht.» Setzt sich dann irgendwann doch in den samtgelben Sessel mit der Fußbank. Schuhe aus, natürlich – und Mann und Frau schlummern dem Museumsmorgen entgegen.

Und dann? Na ja – einer wie Pfeifer schafft es, sich rauszumogeln am Donnerstag, wie er sich reingemogelt hat am Mittwoch. Und ein Museumswärter erzählt seinen Kollegen beim Frühstück, kopfschüttelnd und besorgt, man könne ihn auslachen: «Ist das nicht komisch? Unsere Pappefrau in der Dachstube sieht irgendwie verändert aus. Wenn ich's nicht besser wüsste, würde ich sagen, sie lächelt seit heute Nacht.»

Holdger Platta

Ohne Orchester mit Neonlicht

Es war mal wieder das Übliche gewesen. Kintopp halt. Trotzdem war Kurzkritik angesagt, also ab in die Redaktion. Natürlich nahm er die Treppen, nicht den Lift, Tür auf, sah Bella, wieder einmal ein zu enger Pullover. «Hallo, Bellakind!» Gesäß auf dem Tisch, Zigarette. «Willst du?» Streichholz, Gesuche. «Hast du? … Danke!» Und: «Tja, wolln wir mal wieder!»

Mist!

«Herr Leitlein?»

Dieser Pullover! «Ja, was wollen Sie noch?» (Sie – Du: auch das wieder einmal!)

«Steht der Aufmacher für Seite eins schon?»

«Bereits im Satz!» Er zog den Papierstapel an sich heran, ließ den Kuli klicken, Überschrift, ach, machen wir später. Er war bei der Arbeit.

Bellakind beobachtete seinen Rücken, nicht schmal, nicht breit, eben Durchschnitt. «Langweiliges Genie!» Sie tippte eine weitere Zigarette aus der Schachtel. «Gafft mich jedes Mal an, aber sonst …»

«Herr Leitlein?»

Sie stand auf, trat auf ihn zu. Ihren Rock hatte sie nochmal gekürzt. Setzte sich zu ihm auf den Schreibtisch. Er sah es, schwieg, noch in Gedanken, die Überschrift.

«Ferdi», sagte sie (nein, war zu sanft). Sie rückte unwillig auf seinem Tisch hin und her. Er, Flucht nach vorn, wenn die doch bloß aufstünde: «Na, Ihr Rock ist ja geradezu kriminell!»

«So?» Sie lachte, enttäuscht, dass dieser Trick so schnell klappte. Nein, dass er überhaupt klappte.

«Extra für Sie, Herr Leitlein.» Sie lächelte, legte ein bisschen Schmus zu, so, dass er's merken sollte und – damit er dachte – stimmt nicht (denkste!). Dann sah sie ihn an (Herrje, zum ersten Mal so richtig heute Abend, stellte sie fest. Und: Blickt der arme Kerl mich an! Direkt verstört. Mütterliches, ganz warmes Gefühl.): «Herr Leitlein», plötzlich war ihre Stimme rau: «Sie sehen blass aus!»

«Bei Ihrem Rock …», wollte Leitlein scherzen (Blödsinn, geht nicht: diese Ellipse …). Mein Gott, wie geht's jetzt weiter? Sie auf meinem Schreibtisch, dieser verrückte kurze Rock und dazu ihre Stimme, die … «Fräulein Wertkindt», er hatte einen Ausweg gefunden, «wissen Sie nicht eine Überschrift?» Schneller: «War mal wieder die übliche Dreiecksklamotte. Sie: sucht neben der Ehe ihre Kindheit …» Es klappt, dachte er. «Er: väterlicher Ehemann, edel, sonor. Der andere: berauschend jung und dämlich. Der übliche schlaksige Yuppie-Typ. Beide: den kleinen Kitschroman im Blick, permanent das ganze Symphonieorchester dabei … Moment …» Warum spreche ich bloß so hastig, dachte er, aber der Einfall, der war doch gut:

«Kleine Sehnsucht mit Symphonieorchester, ja, ‹Kleine Sehnsucht mit Symphonieorchester›, na, Bellakind?»

«Tja …»

«Na, Mensch, Kind, ist doch alles drin: Alliteration, Schlusscursus, Länge geht auch (Zweispalter wird's ja eh) …» Er tat beschäftigt, notierte, zählte die Buchstaben, rechts immer noch dieser Einblick (Verflucht, gab's da nicht einen blinden Fleck?). Sie rutschte zögernd wieder herunter («Gott sei Dank», dachte er und drehte sich nach ihr um, irgendwie unzufrieden, vergaß die Überschrift.). «Bellakind, was ist? Böse?» Er blickte sie an: «He, Sie sehen aber auch ein bisschen blass aus!»

Tatsächlich, sie schluckte sogar: «Ferdi!» Nervös griff sie nach einer neuen Zigarette, der dritten bereits.

«Was ist? So sagen Sie's doch!» (Rumms: ein echtes Klischee.) Er hatte sich jetzt ganz umgedreht, merkte, wie sich hinter ihm die oberen Blätter verklemmten. Er tat, als bemerke er es nicht. Ganz Rolle nun, irgendwie Vater, bei dem man sich auch mal so ganz richtig ausheulen kann.

«Vorsicht, Ihr Manuskript, Herr Leitlein», sagte Bella.

«Ach, lassen Sie doch das Scheißmanuskript, Überschrift ist sowieso zu lang!» Seine Wut tat ihm gut (wieder einmal). Dann, weich («Mist, liegt mir nicht», dachte er.): «Was ist, Bella?»

Sie: «Montag, Herr Leitlein …» Und: «That's all.» (Wie wir auf der Stelle treten, sie war traurig.)

«Quatsch, Montag!», sagte Leitlein unwillig und war überrascht über den herzlichen Ton. «Komm, Bellalein, altes Haus, red schon!»

Sie merkte, in ihr stieg was hoch. Noch wusste sie nicht, was. Wut, Trauer. Da heulte sie auch schon los. «Mein Gott», dachte Leitlein bestürzt. Und plötzlich war er bei ihr, stand neben ihr bei dem Schreibtisch, legte seinen Arm um ihre Schultern und dachte: «Mein Gott (schon wieder!), wie schmal sie ist!»

«Bella.»

Und das war wohl die Stelle für den Tutti-Einsatz.

«Du, kleinen Moment!», sagte er mit einem wackligen Lachen. «Hier drückt mich was ganz gewaltig.» Er schob den umgekippten Seitenhefter auf dem Schreibtisch beiseite und sah sie strahlend an. Sie blickte zurück, lächelnd, mit schwarz verschmierten Augen, strahlte, wie ein Kind: «Ferdi!»

«War es das?», fragte er. Er blickte sie an, zum ersten Mal, sah ihr in die Augen – und sie: «Ja, Ferdi, kleiner Junge!» Dann sank ihr Kopf schräg gegen seine Schulter, er, unbeholfen, großer, schlaksiger Junge, legte nun seinen Arm ganz um ihren Rücken, roch plötzlich ihr Haar (nur die Neonbeleuchtung störte noch). Dann küsste er sie, immer noch ein wenig Ironie: «Fehlt das Symphonieorchester.» Dann: «Du lieber Himmel!» Sich verbessernd: «Ich meine, blöder Einfall.»

Und sie: «Kindskopf!»

Dann war erst mal für längere Zeit Sendepause angesagt, und sie kamen nicht mehr voneinander los. Schneller Atem, nach einer Weile sie: «Findest du es hier sehr bequem?»

Er (Panisches Gefühl, bloß kein Programm!), lachend: «Nee, eigentlich nicht.»

Und während er sie streichelte, unruhig nuschelnd: «Was machen wir denn da?», machte sie sich los, stand auf, einen Moment lang sah sie sehr fremd aus, rückte an ihrer Frisur herum, blickte plötzlich zwischen den verrutschten Haaren zu ihm herüber und lächelte ihn an: «Wir haben ein Problem!» Und näher, während sie die Hände um seinen Hals legte, ganz leise: «Wie kratzen wir die Kurve?» Sie stupste ihren Kopf gegen seine Brust, mit Lachen, Schluchzen: «Du Dämlack!»

Er: «Hast Recht. Mich stört das Neonlicht schon die ganze Zeit. Komm, gehen wir!» Und amtlich: «Feierabend, Fräulein Wertkindt!» Er hielt inne, hob ihren Kopf, sah sie einen Moment an, beugte sich zu ihr hinunter, sie presste ihre Augen zu (den Mund halb geöffnet, er leise, etwas wild: «Du Biest!»). Und zum ersten Mal legte er eine Hand auf den berühmten Bella-Po und drückte sie noch stärker an sich, und sie beide fanden das alles ganz ausnehmend gut. Dann plötzlich loslassend: «Jetzt aber weg!»

«Gleich!», sagte sie, im Nu am Schrank, den leichten, hellen Mantel übergeworfen, er hinter ihr, mit Händen, die ihm plötzlich sehr leer erschienen: «Jetzt sind wir mitten in einem Film, Schatz.»

Er knipste das Licht aus, sie drehte sich um, und während sie sich mit Selbstverständlichkeit einhakte: «Gefällt er dir?»

Er sah sie an, während er ein wenig irritiert zur Chefredaktion hinüberhörte, hinter deren Milchglastür er Licht gesehen hatte und nun die Stimme des Chefs vom Dienst hörte: «Arabella, das sage ich dir nachher!»

Sigrid Eggersglüß

Der Kauz

Zögernd ging er durch den Vorgarten zum Haus. Vor den drei Treppenstufen blieb er stehen, auf denen sandige Fußabdrücke und farbiges Laub davon zeugten, dass hier niemand mehr sauber machte.

Der alte Mann wühlte in den Taschen seines Lodenmantels und zog schließlich ein Schlüsselbund mit zitternden Händen hervor. Obwohl er wusste, dass er ein leer stehendes Haus betrat, öffnete er die Tür behutsam, als wollte er niemanden erschrecken.

Kläffend kam ein kleines graues Hündchen um die Ecke gefegt.

«Fidelio, was machst du denn hier? Bist du ausgerissen aus dem Tierheim?»

Er nahm seinen Hund auf den Arm und drückte ihn zärtlich an sich.

«Ich will Abschied nehmen von meiner Vergangenheit. Von unserem Leben, als wir hier alle mal glücklich waren.»

Langsam schritt er durch die ausgeräumten Zimmer. Schmutzränder an den Wänden markierten die Stellen der abgehängten Bilder. Die Sonne beschien Spinnen in den Ecken der Stuckdecke, die in ihren Netzen auf fette Beute lauerten. An der Wand neben der Balkontür hing das Bild «Felder im Frühling», ein Druck von Manet in einem schmalen goldenen Rahmen. Vom ersten Geld nach dem Krieg hatte er ihn seiner Frau gekauft. Sie liebte die heitere Stille der Impressionisten, als könnte sie die schwarzen Bilder des Krieges übermalen.

«Komm, Hund, du willst nicht in dein Heim, ich will nicht in meines. Auf jeden Fall bleiben wir zusammen!»

Fidelio wuffte zustimmend.

Nach einem Fußmarsch von einer Stunde erreichten Herr und Hund das Seniorenstift «Abendfrieden». Bevor sie die Drehtür erreichten, wurde Fidelio im geräumigen Innern des Mantels verstaut.

«Keinen Mucks, Hund! Ich mach das schon!»

Vor dem Lift tauchte die allgegenwärtige Hausdame im grauen Kostüm mit schneeweißer Bluse auf, um ihn mal wieder zu ermahnen.

«Wenn Sie das nächste Mal Ihre Mahlzeit verpassen, melden Sie sich wenigstens ab, Herr Mannstein!»

«Wuff, wuff», bellte er im besten Fidelio-Sound zurück.

Der jaulte sofort begeistert mit.

Die Dame in Weiß schüttelte fassungslos den Kopf. Sie war viel gewohnt, doch dieser Kauz schoss den Vogel ab.

In seinem Appartement ließ der alte Mann den Hund erleichtert aufs Sofa fallen.

Das Wollknäuel sah ihn erwartungsvoll an.

«Keine Angst, Fidelio, uns kann niemand mehr trennen. Das

Haus ist verkauft, keiner will uns haben, wir bleiben zusammen.»

Am nächsten Morgen führte ihn sein erster Weg zu einem alten Schuster in der Stadt. In dem düsteren Raum roch es intensiv nach Klebstoff, Leder und Staub. Ein kleiner magerer Mann in einer viel zu weiten, speckigen Lederschürze hockte inmitten geheimnisvoller Werkzeuge und einem ansehnlichen Sortiment selbst gefertigter Schuhe.

Wie ein Stillleben aus vergangenen Tagen, dachte Mannstein.

Die zwei Männer begrüßten sich aufs herzlichste. Der Schuster hielt den Schuh hoch, an dem er gerade arbeitete, stieß, ohne aufzublicken, ein raues Knurren aus und nähte weiter. Der alte Mann schmiss seinen dunkelbraunen Lederrucksack auf den Arbeitstisch vor den Schuster und brummte: «Hier, mach mal!»

«Was, mach mal! Kaputt? Vor Weihnachten ist viel zu tun!»

«Nicht kaputt! Schneid ein sauberes Viereck in den Rucksack, hier, wo die Lasche ist. Setz mir ein Fenster aus durchsichtiger Folie ein, meinetwegen Plastik, und stanze darüber ein paar Löcher mit Metallnieten. Morgen fertig?»

Der Schuster nahm seine altmodische Brille ab und schaute zum ersten Mal auf.

«Sonst geht's dir gut, Mannstein? Ein Fenster im Rucksack? Bist du sicher?»

«Ganz sicher.»

Am nächsten Tag holte der alte Mann seinen Rucksack ab, der jetzt ein komfortables Fenster, Luftlöcher und eine Lederklappe enthielt, mit der man das Gucklock verdecken konnte.

«Hund, schau, deine neue gemütliche Behausung auf unseren Spazierwegen. Unterwegs darfst du auch mal raus.»

Der alte Mann marschierte wie immer seine gewohnte Runde, bog dann aber rechts ab, um dem Hund die Gegend zu zeigen, in der er als Junge gelebt hatte. Eine Frau mit einer Promenadenmischung aus einem efeuberankten Haus mit kleinen Türmchen und Erkern kam ihnen entgegen. Die Frau blieb kurz stehen und grüßte. Als der alte Mann seinen Weg fortsetzte, bemerkte er nicht, dass sie ihm nachschaute.

Herr und Hund liefen nun täglich mehrere Stunden durch Wohngebiete, Parks und Wäldchen. Erstaunt nahm der alte Mann wahr, wie viel Neues und Interessantes er auf seinen Wanderungen entdeckte, und er wurde nicht müde, seinen Weggefährten im Rucksack auf bedeutende Bauten, prächtige alte Bäume oder Krähenschwärme auf umgepflügten Feldern hinzuweisen. Doch immer wieder zog es ihn in die gleiche Straße. Vergeblich hatte er viele Wochen Ausschau gehalten nach der Promenadenmischung und seinem Frauchen.

Am ersten Weihnachtstag hatte es leicht angefangen zu schneien. Gerade wollte er den Rückweg antreten, um in einem Café etwas Heißes zu trinken, da lief ein Hündchen auf ihn zu und sprang an ihm hoch. Die Frau lachte und entschuldigte sich für die stürmische Begrüßung.

«Er hat Sie wiedererkannt. Wohnen Sie auch hier?», fragte sie.

«Früher einmal, vor dem Krieg, dort drüben in der Villa mit den Kastanienbäumen. Aber zur Miete unterm Dach.»

«Dann waren wir ja Nachbarn. Auch ich bin hier aufgewachsen, musste allerdings Anfang der vierziger Jahre zu einer Tante nach England. Gerade noch rechtzeitig. Im vorigen Jahr starb mein Mann, und ich hatte Heimweh nach Deutschland. Zufällig stand das Haus zum Verkauf, da griff ich sofort zu. Ein bisschen groß ist es ja, aber ich bewohne nur das Parterre. Die alten Knochen mögen keine Treppen mehr.»

Sie lächelte, und er wünschte, sie würde nie aufhören zu lächeln und sie könnten ewig hier so stehen bleiben.

«Frohe Weihnachten», sagte sie, «kommen Sie doch mal zum Tee. Dann erzählen Sie etwas von sich. Und bringen Sie Ihren Hund mit.»

Sie deutete auf seinen Rucksack.

Margit Naumann

Ein unverhofftes Wiedersehen

Laut Wetterbericht hätte es eigentlich regnen müssen – so erinnerte sich Ilona schon im Bett an die Vorhersage. Sie räkelte sich wohlig und zufrieden. Seit langer Zeit hatte sie einen freien Tag vor sich und konnte von den vielen Überstunden heute zehren. Die Vorhänge waren noch zugezogen, doch die Sonnenstrahlen spiegelten sich irgendwo und gaben ihren Widerschein direkt einen Spaltbreit bis auf den Teppich.

Ilona dachte sofort an ihr neues lindgrünes Frühjahrskostüm mit der passenden gerüschten Bluse und sprang aus den Federn. Das werde ich heute einweihen, nahm sie sich vor. Und ich werde auch außerhalb frühstücken. Vor kurzem öffnete nicht weit von ihrer Wohnung das Café «Mona Lisa», und die Nachbarin hat sehr davon geschwärmt. Das werde ich also heute selbst ausprobieren. Es trifft sich gut, dachte sie, dass auch Anja heute später heimkommt, weil sie noch zum Seminar muss. Anja ist Ilonas einziges Kind. Sie ist achtzehn Jahre alt und in der Ausbildung zur Bankkauffrau.

«Guten Morgen, herzlich willkommen!» – So freundlich wurde sie im Café von einem hübschen jungen Mädchen begrüßt und an einen der Fenstertische geleitet. Sehr einladend, sauber und hell, dachte sie, als sie sich umsah. Es erstaunte sie, wie viele Menschen hier saßen. Junge und ältere, manche machten Frühstückspause im Kollegenkreis. Beim Blick auf das vielfältige Buffet regte sich ihr Appetit.

Gedämpfte Unterhaltung ringsum und hier und da ein fröhliches Gelächter. Ilona fühlte sich sehr wohl und genoss die Köstlichkeiten. Den Abschluss bildete gewürfelte Honigmelone. Die mochte sie schon immer gern.

Überrascht bemerkte sie, dass ihr Frühstück eine ganze Stunde gedauert hatte und sie dies ausgesprochen erholsam empfand. Die letzten Monate in der Bankfiliale kosteten sie viel Kraft und Einsatz. Nach der Umstrukturierung wollte sie als Leiterin wie vorher gute Abschlüsse vorlegen. Das war oft nicht einfach. Vor allem, wenn es auch den einen oder anderen neidischen jüngeren Kollegen gibt. Nun also werde ich mich auf den Weg machen in Richtung Fußgängerzone und in Ruhe diverse Einkäufe machen, nimmt sie sich vor.

Gerade als sie den Blazer anzieht, hört sie es schon wieder. «Ilona», ruft eine weiche Frauenstimme. Mein Name, stutzt sie, aber wer soll mich meinen? Gewiss niemand. Trotzdem lenkt sie den Blick in die Richtung, aus der gerufen wurde. Gleich nochmal, mit leichtem Fragezeichen – «Ilona?».

Sie sieht an der Theke eine rassig wirkende Frau, gestützt auf eine Krücke, etwa im gleichen Alter. Ihre dunklen Augen strahlten und ihr Blick schien erfüllt von ihrer Vermutung. Ilona ging gespannt und neugierig auf sie zu. Sie standen sich nach so vielen Jahren wieder gegenüber, und was die eine zunächst vermutete, schien schlagartig bei beiden beglückende Gewissheit zu sein. Ohne ein Wort zu sagen, umarmten sich die beiden Frauen, und jeder, der dies sah, konnte die tiefe Vertrautheit von früher spüren. «Anna», stammelte Ilona fassungslos, und vor Freude hatten beide Tränen in den Augen. Immer wieder schauten sie sich an und drückten sich herzlich. Ein unverhofftes Wiedersehen der beiden Freundinnen nach dreißig Jahren. Welch eine Freude! Anna versagte vor Rührung einfach noch die Stimme, als sie Ilona sagen hörte: «Ich habe so oft an dich gedacht.»

«Ich auch», seufzte Anna, «und ich habe mir nichts sehnlicher gewünscht, als dich wiederzusehen.»

Langsam bekam sie ihre Fassung zurück, und sie schlug Ilona vor, mit ihr nach oben in die Wohnung zu gehen; denn sie hatten sich nun erst mal eine Menge zu erzählen. Ilona änderte spontan ihr Vorhaben. Nichts war mehr wichtig gegenüber dem Wiedersehen mit Anna.

Im Weggehen sah Ilona einen hübschen jungen Mann aus der Küche kommen, und Anna rief freudig: «Ricardo, prego, bitte komm mal, ich möchte dich meiner liebsten Schulfreundin vorstellen. Eben trafen wir uns nach fast dreißig Jahren wieder.» Höflich verbeugte sich der junge Mann und strahlte Ilona mit seinen dunklen Augen an, als sie ihm die Hand reichte. Was für ein reizender Sohn, dachte sie.

Anna ging vor Ilona die Treppe hinauf. Deutlich merkte Ilona, wie schwer es der Freundin fiel, jede einzelne Stufe, trotz der Krücke, zu steigen. Sie hatte großes Mitleid. Was mag nur die Ursache sein, dachte sie.

Oben traten sie in eine helle, geräumige Wohnung. Exzellent und stilvoll eingerichtet. Sie schauten sich überglücklich an.

«Wir setzen uns am besten in den Wintergarten, da stehen die bequemsten Sessel», meinte Anna.

«Bist du denn schon lange wieder in Deutschland, Anna?»

«Oh, das ist eine lange Geschichte», antwortete Anna, «ich beginne von Anfang an.»

So erfuhr Ilona erst heute, warum damals, 1969, ihre liebste Freundin Anna von einem auf den anderen Tag weg war. Ihr

Vater fand das Leben für seine heranwachsenden Töchter zu frei und hatte alles für eine Rückkehr nach Giulianova vorbereitet. Ihre Mutter konnte ihn auch nicht umstimmen, und Anna und ihre jüngere Schwester Charlotta weinten bitterlich, als sie ohne Abschied nach Italien zurückgehen mussten. Dort war alles für sie neu, und sie fühlten sich lange nicht zu Hause.

Ilona hörte der Freundin aufmerksam zu. Sie fand Anna äußerst attraktiv mit ihrem dichten schwarzen Haar, das sie zu einer Hochfrisur gesteckt hatte. Selbst die kleinen Falten gaben dem Gesicht eine unübersehbare Würde.

«Eigentlich», so meinte Anna, «war immer nur Deutschland und besonders Wiesbaden meine Heimat. Und ich wusste schon mit fünfzehn, dass ich irgendwie und irgendwann wieder herkommen werde.»

Sie blickte ganz verklärt bei der Erinnerung; denn diesen Wunsch musste sie ganz allein für sich behalten. Die Familie hätte es nicht verstanden. Sie besuchte eine streng geführte Klosterschule und fühlte sich elend dort. Nur durch emsiges Lernen konnte sie durchhalten und einen guten Abschluss bestehen.

«Ja und dann», fragte Ilona, «wie ging's weiter?»

«Endlich war das Examen hinter mir, ich war sehr froh. Den Abschluss krönte eine gemeinsame dreitägige Fahrt der ganzen Klasse in die Abruzzen, eine herrliche Bergwelt. Und stell dir vor, dort lernte ich meinen Biaggio kennen. Es war Liebe auf den ersten Blick – bis heute! Im nächsten Jahr haben wir Silberhochzeit», sprühte es aus ihr heraus.

«Weißt du, damals besuchten wir ein Konzert, und Biaggio spielte Geige in dem Orchester. Unsere Blicke trafen sich, und in der Pause kam er zu mir herunter», erinnerte sich Anna.

Die Sitten in den Abruzzen waren streng. So konnten diese beiden jungen Menschen zunächst nur erst heimlich ihre Adressen austauschen. Doch es dauerte nicht lange, und Biaggio tauchte in Giulianova auf. Seine Ausbildung als Hotelkaufmann hatte er gerade beendet, und es drängte ihn, in der Nähe von Anna zu sein.

Glücklicherweise fand er sofort eine Anstellung in einem neu eröffneten Hotel. Aber: Alle Zusammentreffen durften zunächst nur wie zufällig ausschauen. – Kein Vergleich mit dem heutigen freien und selbstverständlichen Umgang der Geschlechter.

«Nur langsam konnte er sich an meinen Vater herantasten», sagte Anna. «Vor meiner Mama hatte ich keine Heimlichkeiten, sie half uns sogar – und es begann eine schöne Zeit für uns zwei. Wir waren so verliebt! – Ich begann übrigens eine Ausbildung zur Konditorin, dafür hatte ich immer großes Interesse. Ja, und als wir uns in Gedanken unser gemeinsames Leben zusammenbastelten – denn trennen wollten wir uns nie mehr! –, da fanden wir, unsere Berufe passen recht wohl zusammen und wir könnten uns damit eine eigene Existenz aufbauen.»

Temperamentvoll setzte sich Anna bequemer und fragte Ilona, was bei ihr alles folgte, nachdem sie sich trennen mussten. So erfuhr sie, dass Ilona nach dem Abitur 1972 mit viel Engagement eine Banklehre begann. Während der zweieinhalbjährigen Ausbildung musste sie gelegentlich in andere Filialen. «Auch das tat ich gern, ich hatte längst den Führerschein und seit kurzem ein eigenes Auto», erzählte sie. «In eine Vorortfiliale ging ich besonders gern. Dort war Hans Schneider der Chef, und wir fanden immer mehr Gefallen aneinander. Wir gingen oft aus, wir genossen viele Vergnüglichkeiten; denn wir verdienten beide gut. Die ehemalige Absicht, zu studieren, ließ ich in diesen Jahren nach und nach fallen. Im Jahre 1979 haben Hans und ich geheiratet, er dreißig, ich fünfundzwanzig Jahre. Was meinst du, Anna, welch eine pompöse Hochzeit wir im Hotel ‹Schwarzer Bock› mit vielen Gästen gefeiert haben! Heute würde ich es anders tun, aber damals waren wir glücklich. Wir hatten einen gemeinsamen Start ohne jegliche Entbehrungen. Darauf achteten schon unsere Eltern, die sehr froh über unsere Verbindung waren. Heute weiß ich, dass unerfüllte Wünsche unserer Zweisamkeit auf Dauer wohler getan hätten.»

Etwas zusammengesunken saß Ilona in der Sesselecke, ihre Gedanken verweilten. Und ihr Gesicht spiegelte in wenigen Sekunden auch durchlittenen Kummer wider. Anna schwieg und ließ ihr Zeit. Sie betrachtete liebevoll die gepflegte und schlanke Freundin ihr gegenüber und fand momentan gar nichts mehr in ihr von der beschwingten Fröhlichkeit früherer Tage. Sanft strich sie über Ilonas Arm. Das holte sie in die Wirklichkeit zurück, und Anna hörte, dass Hans mit viel Ehrgeiz die Karriereleiter bei der Bank emporkletterte.

«Wir wünschten uns Kinder», sprach Ilona leise, «doch es kam zweimal zu einer Fehlgeburt, und die seelische Erschütterung war unbeschreiblich! Aber als unsere Anja Ende 1981 geboren wurde, schien unser Glück vollkommen. Ich meinte, es sei unumstößlich. Wie ein Fels.

Lange Zeit habe ich es nicht im Entferntesten geahnt, dass Hans ein Verhältnis hat mit einer jüngeren Kollegin. Bis ich anonym angerufen wurde! Eine Welt brach für mich zusammen!

Nein, das hätte ich niemals von ihm erwartet, solch ein Verhalten mir und uns gegenüber! All seine Versprechungen waren nur leeres Geschwätz. Vor sechs Jahren dann – ich konnte und wollte nicht mehr – ließen wir uns scheiden. Du siehst, Anna, kein Happy End. Dennoch bin ich nun zufrieden. Der Schmerz ist vorüber, und ich lebe ruhig mit meiner Tochter.»

Wieder trat eine Pause ein. Anna tat die Freundin Leid. Sie hätte den treuesten und nettesten Mann verdient, dachte sie.

So öffnete sie langsam eine Flasche Sekt und schenkte zwei Gläser ein. Strahlend prosteten sie sich zu. Jede der beiden fühlte sich reich beschenkt an diesem Tag; denn die Zuneigung von einst war, trotz der dreißig Jahre dazwischen, ungebrochen. Das erhellte ihre Gemüter. Die Zeit und das Erleben war es, was jeder Freundin ihr Profil und ihre Ausstrahlung verlieh. Und dabei sind es die schmerzvollen und gequälten Epochen im Leben, die am markantesten prägen.

Anna kam auf ihren schrecklichen Unfall zu sprechen. Im Jahre 1985 geschah es. Die Familie war seit zwei Jahren in Wiesbaden. Somit hatte sich Annas Traum von damals verwirklicht. Ricardo war neun Jahre alt. An einem wunderschönen Sommertag kam er zeitiger aus der Schule zurück und sah auf der anderen Straßenseite seine Mutter kommen. Fröhlich winkte er ihr zu. Sie rief, er solle drüben bleiben und warten. Noch nicht mal hatte sie die Straßenmitte erreicht, als der junge Autofahrer viel zu schnell um die Ecke in die Hauptstraße einbog und sie zu Boden schleuderte. Schwer verletzt brachte man sie in die Klinik. Aus dem Koma erwachte Anna erst nach fast sieben Wochen. Inzwischen war sie mehrfach operiert, und als sie erfuhr, dass sie nie mehr ohne Krücke laufen könne, brach eine Welt für sie zusammen. Noch heute überkommt sie jedes Mal ein Schauer, wenn sie sich daran erinnert.

«Ohne meinen Biaggio hätte ich es nie geschafft», sagte sie zu Ilona. «Er hat mir immer Mut gegeben und so viel Liebe offenbart, dass ich nach Monaten wieder ‹ja› zum Leben sagen konnte. Ich wollte wieder für meinen Ricardo und für meinen Biaggio da sein. Aber es war ungeheuer schwer.» Sie seufzte. Die Behinderung macht ihr bisweilen deutlich zu schaffen. Zu den Kuren begleitete sie Biaggio jedes Mal.

Ja, er schaute sich gar die empfohlene Gymnastik an, um sie noch heute täglich mit ihr als fröhlich aufmunternde Episode zu erleben. Er nimmt sie herzlich in die Arme. Die liebevolle Innigkeit ist über beide hinausgewachsen. Aus dem sehr munteren kleinen Sohn ist durch den schrecklichen Unfall, dessen Zeuge er war, ein stillerer, reiferer und noch anhänglicherer junger Mann geworden. Heute ist Ricardo längst erwachsen genug, um seiner Mutter einfühlsam und immer voller Liebe zur Seite zu stehen.

Auf gegenseitigem Stolz und großer Achtung voreinander ist die Verbindung zwischen Vater und Sohn von jeher gewachsen. Die beste Basis also, gemeinsam das Café zu eröffnen. Es hat sich in der verhältnismäßig kurzen Zeit schon ein Kreis von netten Stammgästen gebildet. Biaggio und Ricardo macht es viel Spaß, und Anna tut, was sie kann, dazu. Sie fühlt sich glücklich.

Eben geht die Tür auf, und Ricardo steht fröhlich mit einem üppig beladenen Tablett vor Anna und Ilona. «Ich denke, das tut jetzt gut», meint er. Als Ilona auf die Uhr schaut, kann sie es kaum fassen, dass inzwischen vier Stunden vergangen sind. Stunden voller Glückseligkeit und Kurzweil. Die vertraute Nähe von damals ist zurückgekehrt, dazu das klarere Empfinden der reiferen Jahre. Von nun an, das versichern sich beide, treffen wir uns regelmäßig, mit Erzählen sind wir ja noch lange nicht fertig.

«Und dann musst du unbedingt bald meinen Biaggio kennen lernen. Ich liebe ihn sehr», flüstert Anna.

Ingrid Knuth

Doppelte Liebe?!

Wir waren jung. Sehr jung. Jedenfalls scheint es mir heute, wo ich siebzig bin, so. Beide unglücklich verliebt in jemand anderen. Wir brauchten Trost. Außerdem war es eine schwierige Zeit mit Hunger und Wohnungsnot. Meine Eltern waren nicht nur ausgebombt, sondern danach auch noch aus dem Riesengebirge ausgewiesen, wohin es sie durch ihre Arbeit während der letzten Kriegsjahre verschlagen hatte. Zurück in Berlin, fanden sie Unterkunft in einer von Fremdarbeitern inzwischen verlassenen, trostlosen Baracke. Ich war erst ein Jahr später aus einem so genannten KLV-Lager wieder nach Hause gekommen. Ich schämte mich, dort zu leben, Klassenkameradinnen oder Freunde mitzubringen. Aber Jacob war mitfühlend, ging es ihm doch auch nicht viel besser. Seine Familie hauste nach Verlust der Wohnung und des Geschäftes in der Innenstadt nun im ehemaligen Wochenenddomizil, ziemlich bedrängt mit zwei Omas in zwei Zimmerchen.

Angefangen hat es an einem Abend nach einer Aufführung unserer Theatergruppe. Wir hatten Erfolg und Grund zum Feiern. Solche Gründe fanden wir, sooft es ging, und das hieß Trinken, Spielen, Lachen, Tanzen, Flirten. Unsere beiden Angebeteten kuschelten und schmusten. Leider nicht mit uns, sondern miteinander! Jacob und ich fanden uns so verzweifelt, wie man wohl nur bei der ersten großen Enttäuschung sein kann, auf dem zugigen, dunklen Hof eines fremden Restaurants. Zuerst bemerkte er mich gar nicht, aber ich sah immer wieder den aufglühenden Punkt seiner hastig gerauchten Zigarette. So kam, was bei so viel gegenseitigem Verstehen zu erwarten war: Eine neue Liebe entwickelte sich. Der alte Liebeskummer war vergessen.

Wir hatten viel Gemeinsames: Wir quälten uns durch Mathe und Latein, genervt von uralten, eigentlich längst pensionierten Lehrern (die jüngeren waren wohl meistens Nazis und zum Glück gefeuert).

Wir spielten in einer Laienspielgruppe z. T. selbst verfasste Stücke. Jacob schrieb schon seine Schulaufsätze in Dramenform und wurde als Autor von uns bewundert. Er wollte Schriftsteller und Schauspieler werden. Und er sah auch noch unverschämt gut aus. Also, der Liebeskummer über meinen alten Schwarm war bald vergessen.

So wuchs meine wirkliche, große Liebe zu ihm. Und er liebte mich! Vergaß Luise, unsere schöne jugendliche Liebhaberin.

Nun waren wir unzertrennlich, trafen uns jeden Tag, nicht nur bei den Proben. Manchmal konnte es allerdings passieren, dass mein Dichter plötzlich fortmusste. Mitten in einem Mondscheinspaziergang küsste nicht nur ich ihn, sondern auch seine Muse. Er schwang sich auf sein verrostetes Fahrrad, um schnell zu einem unvollendeten Manuskript zu radeln. Damit eine umwerfende Idee nicht verloren ging. Ich wartete geduldig, obwohl Geduld nicht gerade zu meinen Stärken gehört. Nach einer halben Stunde konnte er ja zurück sein. Und wir saßen wieder Hand in Hand in der lauschigen Sommernacht auf einer Bank im Park. Wir waren siebzehn!

Schulprobleme, auch mal Ärger mit Eltern, Krach mit Freundinnen oder sonstige Widerwärtigkeiten konnten uns nicht viel anhaben. Dann kamen Abitur, Studium, Berufsausbildung; auch mal eine dadurch bedingte örtliche Trennung.

Seine Omas waren gestorben und bald darauf hatte er auch kurz nacheinander seine Eltern verloren. In der Trauerzeit standen wir uns bei. Das Wochenendhäuschen war verwaist. Jacob wohnte zur Untermiete nah bei der Uni. So zog ich aus meiner familiären Enge aus und hatte mit meinen einundzwanzig Jahren die erste eigene Wohnung meines Lebens. Am Wochenende kam Jacob meistens in sein Haus. Dann auch in den Semesterferien. Die Wochenenden wurden immer länger. Schließlich kam die Frage auf: Wozu noch die Miete in der Stadt bezahlen? Ohne dass wir eigentlich darüber nachgedacht hätten, taten wir etwas Unerhörtes: Wir lebten in «wilder Ehe»! 1955! Die Frauen im Dorf schnitten mich. Wenn ich in den Tante-Emma-Laden kam, drehten sie sich von mir weg. Nur die Verkäuferin sagte pflichtbewusst und kundenerhaltend guten Tag. Aber das konnte unser Glück nicht trüben. Nach Studium und Ausbildung würden wir heiraten, dann würden sie sich schon wieder beruhigen.

Im Mai dieses Jahres fuhr ich mit Kollegen zu einer internationalen Jugendtagung in den Harz. Wir Berliner kamen spät. Die anderen jungen Leute waren bereits versammelt, warteten in einem großen Saal auf die offizielle Begrüßung.

Da traf mich ein Blitz! Über die Köpfe von mindestens zwanzig Menschen schaute mich ein Mann an. Und wie! Er sah aus wie der Märchenprinz meiner Kindertage, blond, blaue Augen, schlank und braun. Beim Abendessen saßen wir nebeneinander, na klar! Abends war Tanz. Na klar, wir tanzten miteinander. Wir redeten, ohne Pause. Er war Holländer, sprach aber Deutsch, mit diesem witzigen, unwiderstehlichen Akzent. Zehn Tage strahlender Mai!

Aber es stand fest: Wir sind beide anderweitig gebunden. Jacob war mein Jetziger und mein Zukünftiger! «Ja, wenn ich dich sieben Jahre früher getroffen hätte …?»

Henk war sogar «richtig» verlobt. So war es wohl in Holland zu der Zeit noch üblich. Am Tagungsschluss verabschiedeten wir uns weinend. Ende einer traurigen Romanze.

Aber sie war nicht beendet. Ich war erst wenige Tage wieder in Berlin. Hatte Jacob gleich berichtet. Es war ja nicht einmal ein richtiger Seitensprung, nicht mehr, aber auch nicht weniger als eine unglaublich intensive Begegnung mit einem Traum. Da kam ein dicker Brief aus Utrecht. Henk schrieb, er könne mich nicht einfach so vergessen. Durch unser Erlebnis hätte er erkannt, dass seine Freundin nicht die Richtige für ihn sei. Er habe seine Verlobung gelöst und käme nach dem Militärdienst in den Semesterferien nach Berlin. Er wolle um mich und unsere Beziehung «fechten», wie das ein rechter Mann eben tut.

Mein Gefühlsleben geriet heftig durcheinander. Was sollte ich tun? Wie sollte ich reagieren? Hilfeee!

Ich liebte Jacob, das stand felsenfest. Konnte ich zwei Männer lieben? Ich war – und das klingt so einfach – hin und her gerissen. Henk hat in einem Brief ein großes Bild entworfen: Ich stehe zwischen Nord- und Südpol am Äquator. Kann man daraus ein globales Ganzes machen? Ich konnte das nicht, Punkt!

Schließlich antwortete ich ihm: «Du kennst meine Entscheidung!» Wieder Briefe von Henk: So leicht ließe er sich nicht abweisen.

Er kam also nach Berlin. Das konnte ich ihm ja nicht verwehren. Henk hatte schon ein paar Mal in den Briefen betont, dass er Jacob nicht als «Feind» sehen wollte, auch wenn er selbst durch ihn unglücklich werden könnte.

Ich habe die beiden Männer einfach gegenübergestellt. Sie schauten sich an, reichten sich die Hände und – sie waren Freunde. Henk hat meine Wahl akzeptieren müssen.

Und dann zogen wir einen ganzen langen Sommer zu dritt durch Berlin. Es war eine unaussprechlich intensive Zeit. Ich betreute damals Hinterhofkinder in einer «Luft- und Sonne-Aktion». Meine beiden Männer, beide Studenten, warteten nach meiner Arbeitszeit auf mich. Sie saßen, einer mit blondem, der andere mit dunklem Bart (äußerst ungewöhnlich für diese Zeit), auf einem Mäuerchen nahe meiner Arbeitsstätte. Wenn ich kam, strahlten beide um die Wette, nahmen mich in ihre Mitte, und ich fühlte mich wochenlang getragen von Freundschaft und Liebe.

Ein Jahr später fuhr ich zu einem weiteren internationalen Treffen nach Holland. Dort lernte ich bereits Henks zukünftige Frau kennen. Und auch wir zwei Frauen mochten und schätzten uns sofort.

Heute – nach 48 Jahren – gehört die Freundschaft unserer beiden Familien, inzwischen mit Kindern und Enkeln, zu den wichtigsten und schönsten Beziehungen unseres Lebens. Wir besuchen uns, treffen uns an fernen Urlaubsorten, feiern gemeinsam große Familienfeste. Und wir hoffen noch auf eine möglichst lange gemeinsame Zeit.

Edgar Dembeck

Nachbarschaftliche Liebe

Sie war etwas korpulent, hatte gepflegte rote Fingernägel und blonde Haare. Sie kam aus Schweden und machte scheinbar allein Urlaub auf der karibischen Insel Barbados. Die Urlauberin musste wohl in dem neu erbauten Hotel wohnen, das nur von einem alten «Chattel-House» und dem Hotel «Sand Acres» getrennt war. Jeden Tag kam sie unmittelbar vor dem Sonnenaufgang zum weißen Sandstrand, ging ein paar Schritte und setzte sich unter eine leicht zum Wasser gebeugte Palme. Dort saß sie manchmal bis zu einer Stunde regungslos, starrte auf das weite türkisfarbene Meer und die knallrot aufgehende Sonne. Nur der warme Wind griff gelegentlich in ihr Haar, und erst dann war zu erkennen, dass es sich um eine etwa fünfzigjährige attraktive Frau handelte. Ständig trug sie einen schwarzen Badeanzug, und besonders auffällig war, dass sie immer sehr blass aussah.

Der Besitzer des «Chattel-House», ein junger muskulöser Schwarzer mit Krauskopf und makellosem Gesicht, erblickte die Schwedin eines frühen Morgens, als er seine beiden Doggen zum Auslauf an den Strand schickte.

Adam Williams, so hieß der gut aussehende Einheimische, hatte sein kleines Grundstück, das zwischen den beiden Hotels lag, mit mehreren Hinweisschildern versehen, auf denen «Betreten verboten – Privatbesitz» stand. Da Williams ebenfalls ein Frühaufsteher war und am Morgen die Ruhe und den Sonnenaufgang liebte, ging er zielstrebig durch den Palmengarten bis zum Ende seines Grundstücks, um die Touristin von seinem Platz zu verweisen.

Wir wissen nicht, was Williams gesagt hatte, aber die Schwedin blieb trotz heftiger Diskussion unverändert sitzen. Nach etwa zehn Minuten ging Williams zu seinem Haus zurück und verschwand aus dem Blickfeld. Seine beiden Hunde aber legten sich, nachdem sie ausgiebig am Strand herumgetobt hatten, neben die immer noch meditierende Dame aus dem Nachbarhotel. Still lagen die Tiere da, als würden sie zu der Schwedin gehören und den nahenden Sonnenaufgang mit beobachten. Am ganzen Strandabschnitt war es totenstill. Nichts rührte sich. Der Wind hatte zwischenzeitlich aufgehört, und die riesigen Palmen standen regungslos. Am weiten Horizont konnte man ein bezauberndes Naturschauspiel verfolgen. Ein besonderer Erregungszustand, als würde jemand den Vorhang zu einer mächtigen Bühne aufziehen, kennzeichnete diesen Augenblick. Rhythmisch rollte die Brandung zum Sandstrand, streckte sich unendlich weit, fast bis an die Wurzeln der Palmen, und zog sich danach wieder elegant zurück. Es blieben nur zarte Berührungen, nicht mehr und nicht weniger. Gerade als die ersten Sonnenstrahlen am Ende des Meeres erschienen, stand Williams neben der blonden Unbekannten, beugte sich zu ihr hinab und überreichte kommentarlos mit einem Lächeln ein Glas heißen Tee. Sie schaute ihn eindringlich an und nahm mit einem dankenden Kopfnicken das Glas vorsichtig entgegen. Dabei berührten sich leicht ihre Hände, was ein starkes Zittern in beiden Körpern verursachte. Williams fühlte sich plötzlich verzaubert und konnte diese Veränderung beinahe nicht begreifen. Benommen setzte er sich neben sie in den warmen Sand, während sie genüsslich den Tee trank und die aufgehende Sonne in sich hineinsog.

Als der blutrote Ball seinen ganzen Umfang erreicht hatte, stellte die Schwedin das Glas ab und nahm Adam an der Hand. Dann rannten beide der wuchtigen Brandung entgegen. Am Anfang war noch ein schwarzer und weißer Fleck zwischen den Wellen zu beobachten, aber je weiter sie sich vom Strand entfernten, umso weniger sah man diese Kontraste. Am Schluss gab es nur einen sichtbaren gemeinsamen Punkt irgendwo am Horizont zwischen Fliegenden Fischen und zurückkehrenden Booten.

Unter der Palme am Strand rückten zwei andere auch etwas näher. Die großen Doggen von Williams. Übrigens: auch ein männliches schwarzes und weibliches weißes Tier.

Als die Schwedin und der Einheimische aus dem Wasser zurückkamen, hatten sie strahlende Augen und rannten Hand in Hand durch den Garten zum «Chattel-House».

Und so blieb es jeden Tag, jeden Morgen, an jedem der unzähligen Sonnenaufgänge. Sonnenaufgänge, die einfach da sind, so wie die Liebe, und die ihre Wärme abgeben, an die Materien, die sie aufnehmen möchten.

Jeden Morgen um die gleiche Zeit das Ritual der Liebe und der unsterblichen Sehnsucht nach dem jungfräulichen Sonnenaufgang. Wahres Glück verschmilzt zwischen heißen Sandkörnern. Es braucht keine Worte. Es kennt keine Grenzen, keine unterschiedlichen Hautfarben. Dieses eine Glück ist eben wortlos glücklich.

Die wahre Liebe hat ihre eigenen Gesetze und mischt sich in fremde Dinge und Welten ein. Sie weiß immer, was sie will. Aber eines Morgens brachte Adam Williams seinen heißen Tee und seine liebevoll hergerichtete Obstschale an einen leeren Platz am einsamen Strand. Er wusste zugleich, dass einmal dieser Augenblick kommen würde. Adam hatte damit gerechnet, aber immer gehofft, dass dieser Umstand nie eintreten würde!

Schweigend stellte er das Teegefäß und die Schale in den kalten Sand, den traurigen Blick zum stummen Horizont gerichtet. Mit zittriger Hand griff er nach dem letzten funkelnden Stern am Himmel, der sich in eine Träne verwandelte und an seiner Wange herunterlief. Von weitem hörte er seine beiden Hunde jaulen; nein, es waren mehr als wehmütige Klagetöne. An diesem Morgen gab es für ihn keinen Sonnenaufgang und keine Liebe mehr.

Dagmar Günther

Sternenklar … nichts wird sein wie vorher

(Es war passiert und nicht rückgängig zu machen. Das wollte sie auch nicht. Aber akzeptieren – erst recht nicht!)

Vermutlich wäre es besser gewesen, sie hätte den Auftrag gar nicht angenommen. «Transportmittel Schiff – Wege übers Meer» – war sowieso nicht ihr Thema. Aber der Chef ihrer Zeitung wollte einen Kongress-Bericht, und außer ihr war kein Redakteur verfügbar. Also meldete sie sich an und fuhr hin. Hoffentlich würden wenigstens ein paar interessante Typen da sein. Das hatte ihr solche Termine bislang halbwegs erträglich gemacht.

Sie blickte sich im Saal um: immer dieselben langweiligen Journalisten-Gesichter und dazu noch diese Schiffbauer und Schiffsmakler – allesamt in Schlips und Kragen. Gähnend ließ sie sich auf den nächstbesten Stuhl fallen. Ein Duft stieg ihr in die Nase. Von wem kam der. Der Kerl saß direkt vor ihr … Hugo? Davidoff? Lagerfeld? Egal! Sie wandte sich dem Geschehen auf dem Podium zu. Die Zeit schlich dahin.

Endlich Pause. Sie erhob sich. Er drehte sich um, strahlte sie an. Musste sie den kennen? Wohl kaum! Oder doch? Nein, das konnte nicht sein: Es war Joe, ihr alter Freund Joe. Eine Ewigkeit hatten sie sich nicht gesehen. Er blickte ihr so tief in die Augen, dass ihr schwindlig wurde. Sie wich nicht aus. Die Luft brannte. Das war doch unmöglich. Schnee von gestern. Längst vorbei.

«Dich irgendwo wieder zu treffen, habe ich mir schon immer gewünscht.»

«Woher wusstest du …?»

«Die Presse-Anmeldungen … Ich las deinen Namen, forschte nach. Es gab keinen Zweifel. Gut siehst du aus, ganz unverändert, keine einzige Falte.»

Ihr schoss das Blut in den Kopf. «Man tut, was man kann.» Fiel ihr wirklich nichts Besseres ein als dieser blöde Spruch. Sie murmelte etwas von «Kaffee holen» und ließ ihn stehen.

Als sie in den Konferenzraum zurückkehrte, hatte er sich den Platz direkt neben ihr gesichert. Amüsiert musterte sie ihn von der Seite: Er war noch genauso schlank wie damals, aber männlicher geworden. Es musste mehr als zwanzig Jahre her sein …

Damals waren sie 17. Besuchten dieselbe Schule. Er war ihre erste große Liebe, und er wollte immer etwas mehr als sie. Sie hielt ihn hin: ein bisschen Schmusen, Händchenhalten. Als sie das Abi in der Tasche hatten, gingen sie fest miteinander. Doch in verschiedene Richtungen: sie zum Volontariat bei der Regionalzeitung in die nächstgrößere Stadt; er zum Bund ans andere Ende der Republik. Sie schrieb ihm. Antwort kam höchst selten. Stattdessen tauchte er irgendwann selbst auf: Das mit der Laufbahn beim Bund wäre doch nicht so sein Ding, er wolle lieber Seemann werden. Sie fiel aus allen Wolken: Sie tauge weder zur Seemannsfrau noch zur allein erziehenden Mutter, denn darauf würde es ja wohl hinauslaufen. Und Kinder wolle sie, aber doch nicht mit einem Fern-

Mann. Und sowieso hätte sie ja das ganze Leben noch vor sich und überhaupt keine Eile, sich zu binden. Er schwang sich auf seine Honda und rauschte davon. Aus. Sollte sie anrufen, schreiben? Kam überhaupt nicht infrage, sie würde ihm doch nicht hinterherrennen! Und gab es nicht auch noch andere Männer auf dieser Welt?

Die Diskussion zog sich hin. Immer wieder schaute sie ihn heimlich an. Dieser tiefe Blick war ihr unter die Haut gegangen. Hatte sie verwirrt, als war es erst gestern …

Alle besuchten sie an ihrem späteren Studienort: der kleine Eduard, der dicke Heinrich und sogar Christopher, der Klassenprimus. Aber Joe kam nicht. Er war verschollen auf See. Vergessen hatte sie ihn nie. Wie oft lag sie nachts wach, schaute verzweifelt zum Himmel empor, flehte den Orion an, doch ein Zeichen zu geben. Vielleicht sah Joe ja auch gerade hinauf und verstand den Wink des Himmels. Doch er schwieg.

Eines schönen Tages tauchte Jonas auf, der schöne Lehramtsstudent mit den schwarzen Locken. Ihre Studienfreundin Lola hatte ihn angeschleppt. Die Mädchen des halben Studienjahrs waren scharf auf ihn. Doch er wollte nur sie. Noch heute schwor er, vom ersten Augenblick an gewusst zu haben, dass er sie heiraten würde. Manchmal könne er eben hellsehen. Sie glaubte ihm kein Wort. Wie verschieden sie doch waren. Oft gab es Krach. Aber Jonas kam immer wieder. Und schließlich sprang der Funke über …

Am Abend trafen sich alle Tagungsteilnehmer in der Hotelhalle. Sie schwatzte mit einem Journalisten. Joe stand mit irgendwelchen Managern herum. Sie spähte hinüber. Verstohlen blinzelte er zurück.

Müde zog sie sich mit einem Glas Wein in eine Ecke zurück: Was sollte es, war sie nicht glücklich verheiratet und hatte zwei wunderbare Kinder mit Jonas? Plötzlich saß Joe neben ihr, legte den Arm um sie: «Du glaubst gar nicht, wie sehr ich dich geliebt habe, damals. Aber wir waren wohl noch zu jung.»

Sie erinnerte ihn an ihr letztes Zusammentreffen, seinen Sinneswandel, ihre Reaktion. «O ja, es war meine schnellste Motorradfahrt zurück nach Hause. Eine Welt brach zusammen.»

«Warum hast du dich nie gemeldet?»

«Keine Ahnung. War wohl zu stolz, aber ich habe immer alle deine Artikel gelesen.»

«Soll ich mich darüber jetzt freuen?»

«Warum nicht? Aber, wie geht es dir, bist du verheiratet?»

«Ja.»

«Hast du Kinder?»

«Mhm, zwei.»

Natürlich hatte auch er eine Frau, sogar drei Kinder. Lange Jahre war er zur See gefahren. Erst seit kurzem arbeitete er bei einem Schiffbau-Unternehmen. Baute jetzt sogar ein eigenes Haus. War er also doch sesshaft geworden?

«Komm, lass uns etwas Luft schnappen, auf dem Balkon.» Es war eine sternenklare Nacht. Der Orion funkelte sie an. Sie verriet ihm nicht, welche Rolle der in ihrem Leben spielte. Er nahm sie in den Arm. Sie spürte seine Wärme. Immer hatten in so einer Situation alle Alarmglocken geläutet: Bis hierher und nicht weiter! Er küsste sie. Sie horchte in sich hinein: Nichts! Was sollte sie tun?

Sie kehrten in die Halle zurück. Sie nahm ihre Tasche, er sein Jackett. «Gehen wir zu mir oder zu dir», fragte er augenzwinkernd im Fahrstuhl.

Er schloss die Zimmertür auf. Hielt sie ganz fest: «Bist du dir sicher, das du es willst?»

«Ja, ganz sicher.»

Er zog sie aus. Stück für Stück. «Wie schön du bist.»

Sie schaute ihn an. Er wurde unruhig: «Meine Nase ist zu lang.» – «Nein, Joe», flüsterte sie, «sie ist völlig okay.» Diesen Komplex hatte er also immer noch.

Sie küssten und umarmten sich immer wilder, stürmten mit aller Kraft der Zeit entgegen. Ungestüm und endlich frei fühlten sie sich – für ein paar Minuten wieder wie 17. Ihr schwanden die Sinne. Und viel zu schnell regneten die Sterne auf sie herab, allen voran der Orion. Dann hüllte Dunkelheit sie ein. Was würde morgen sein?

Wieder dieser Blick beim Frühstück, ein Kuss, eine kurze Umarmung. Jeder stieg in sein Auto und brauste davon. Wie sie es nach Hause geschafft hatte, weiß sie bis heute nicht. Aufgewühlt und abgespannt. Himmelhoch jauchzend, auf Wolken schwebend: War doch ihr Joe zurück! Zu Tode betrübt, auf dem Boden der Tatsachen: Sie hätte es nicht zulassen dürfen. Warum war sie nicht wie sonst auch dem Rat ihrer Großmutter gefolgt: «Lass es Kind, denn es wird nachher nichts mehr so sein wie vorher.»

Und es war nichts mehr wie vordem: Sie hockte im Büro – spät dran und schlecht drauf. Ganz in Gedanken bei Joe, hatte sie ihre Busstation verpasst, musste umkehren. Der Blick ihres Chefs sprach Bände, als sie in die begonnene Redaktionskonferenz platzte. Und nun brachte sie keine Zeile zustande, dabei sollte der Bericht bis Mittag fertig sein. Das Telefon rasselte. Es war Joe. Scheinbar ging es ihm ähnlich. Was sollte werden? Folgte sie ihrem Herzen, würde sie den nächsten Zug zu ihm nehmen. Ihre Gefühle fuhren Achterbahn. Joe rief stündlich an. E-Mails tickerten hin und her. Könnten sie sich nicht wenigstens ab und zu sehen, die Zeit stehen bleiben lassen, wenn sie sich schon nicht zurückdrehen ließ – wenigstens für den Moment das Salz auf ihrer Haut spüren?

Aber so einfach war es nicht. Woche um Woche verging. Joe rief seltener an. Ihre Mails wurden kürzer. Ständig war er in allen möglichen Häfen der Welt unterwegs. Von wegen sesshaft … Meldete er sich dann mal, lautete die zweite Frage nach dem «Wie geht's dir?» immer «Und deinen Kindern …?», als wollte er sie an ihrer beider Verantwortung erinnern … Eines Abends stand dann das Motorrad direkt vor ihrer Haustür. Joe, war ihr erster Gedanke: Er war gekommen, sie zu holen. Aber ach, es entpuppte sich als die alte «Mühle» vom Nachbarn. Sie musste darüber hinwegsteigen, um ins Haus zu gelangen. Noch in der Wohnung fluchte sie wie ein Müllkutscher. Jonas schüttelte nur den Kopf.

Sie traf Joe noch einmal. Er war auf der Durchreise. Ein flüchtiger Kuss am Bahnhof: «Ich könnte dich auf eine Dienstreise mitnehmen.» Das hätte sie sich schon vorstellen können, aber später war nie mehr die Rede davon. Wollte er nicht, oder konnte er nicht? War sie doch nur ein Abenteuer? Gab es wieder einen Sinneswandel? Was wollte sie eigentlich selbst? Hundertmal drehte sie alles hin und her: Sie und Joe mit ihren Kindern. Und seine? Wie wäre es mit einer Patchworkfamilie? Aber wollte sie wirklich seine Familie zerstören? Sie und Jonas und trotzdem Joe. Ginge das überhaupt?

Sie musste Isabell fragen, ihre beste Freundin …

«Bist du völlig übergeschnappt?» Was weißt du denn von dem Kerl, wie heißt der noch?»

«Joe, und ich liebe ihn …»

«Jetzt fang bloß noch mit der Leier von der unvergänglichen ersten Liebe an! Es sind zwanzig Jahre vergangen! Hast du das vergessen?»

«Aber mir ist, als wäre es erst gestern gewesen …»

«Du bist verrückt. Hast eine tolle Familie, einen Mann, der dich liebt. Glaube mir, Jonas ist nur für eine gemacht: für dich.»

Womöglich hatte sie Recht. Aber war nicht sie es, die ihr ständig von der großen Freiheit vorschwärmte, die sie genoss, seit ihr Mann auf und davon war. Und war nicht Isa gerade selbst mal wieder an einen Verheirateten geraten? Nein, sie konnte ihr nicht raten.

Und Jonas? Besser, er erfuhr nichts, zu ahnen schien er sowieso etwas. Kein Wunder, so oft wie sie abwesend war, in Gedanken bei Joe. Sie wurde ganz weich, wenn sie an ihn dachte. Sie weinte, doch alle Tränen der Welt konnten das Feuer nicht löschen, das sie beide wieder angefacht hatten. Dann stieg Wut in ihr auf, auf sich, auf Joe und zu guter Letzt sogar auf den Orion. Auch das half nicht wirklich.

Es war sternenklar: Sie konnte sich nur selbst retten. Sie musste eine konsequente Entscheidung treffen … und das am besten noch heute! Jonas war fort zur Elternsprechstunde in der Schule. Zeit, die Gedanken zu ordnen. Jagte sie einer Illusion nach, indem sie meinte, Joe würde auch nur noch eine Minute an sie verschwenden? Sollte sie nicht endlich akzeptieren, dass er sein eigenes Leben lebte? Hatte sie ein Recht, zwei Familien aufs Spiel zu setzen? War es ein Spiel? Sie musste es beenden!

Also gut: Sie würde bei Jonas und den Kindern bleiben. Und Joe? Der gehörte zurück in die «Schublade Jugendliebe», auch wenn die irgendwie zu eng geworden schien. Ihr Verstand sagte, dass sie ihn nicht wiedersehen durfte. Aber könnte sie ihn jemals aus ihrem Herzen verbannen?

Ganz in Gedanken hatte sie Kerzen auf den Tisch gestellt und eine Flasche dunkelroten Chianti entkorkt, Jonas' Lieblingswein. Sie goss ihn in den Dekantierer, nahm behutsam die zwei alten Römer ihrer Großmutter aus der Vitrine. Alles würde wieder gut werden. Zuversichtlich hob sie den Blick zum Himmel. Der Orion leuchtete in seiner ganzen Pracht. Da, eine Sternschnuppe! Ehe sie einen Wunsch denken konnte, schellte die Türklingel. Das musste Jonas sein. Sie eilte ihm entgegen. Öffnete die Wohnungstür. Zuerst sah sie nur ein Meer roter Rosen. Sie schmunzelte: Nun blieb ihr wohl doch nichts anderes übrig, als ein klein bisschen an Jonas' hellseherische Fähigkeiten zu glauben. Sie knipste das Treppenhauslicht an. Vor ihr stand Joe.

Monika Scheer

Eine Liebe im Schatten des Gesundbrunnens

Es fing, wie jeder Traum, märchenhaft an. Voll gestresst und gesundheitlich reparaturbedürftig, wurde mir, mitten in der Berufshektik, eine Kur bewilligt – meine erste.

Am Ankunftstag sah ich ihn, abends, mitten in einer Mensch-ärger-dich-nicht-Spiel-Gruppe. Spielen? Dazu hatte ich bisher keine Zeit. Ich hielt es für nicht genutzte oder unausgefüllte Zeit. Eigentlich hatte ich mir für die nächsten vier Wochen Bewegung gewünscht. Diese Bewegung führte den Namen TANZ. Auf meine Frage, ob er sich mit dem Spiel «Tanz» anfreunden möchte, erwiderte er, dass er nur Boogie-Woogie tanzen könnte. Und damit begann eine märchenhafte Zeit. Wir tanzten, führten interessante Gespräche, in denen wir uns unsere bisherigen Lebensläufe erzählten, bummelten über Wochenmärkte, freuten uns, wenn wir uns bei den Anwendungsterminen auf dem Flur begegneten, besuchten alle angebotenen Vorträge zusammen und gingen in Kirchen, zu Stadtführungen und anderen kulturellen Veranstaltungen.

Bei einem Spaziergang im Kurpark entdeckten wir ein Labyrinth, in dessen Mitte sich eine Säule mit eckiger Öffnung darbot. In diese offene Stelle legten wir einen Kupferpfennig und schworen, uns auf den Tag genau in einem Jahr hier wiederzusehen.

An einem Tanzabend erklärten wir das Lied der Flippers, «Barbados», zu unserer Melodie und wollten aneinander denken, wann immer wir es hören.

Wie jeder Traum verging auch der unsere viel zu schnell. Diese phantastischen vier Wochen verflogen wie keine andere Zeit unseres Lebens.

Es folgte die Phase des Erwachens. Wir trafen uns in Düsseldorf, Basel und einigen anderen Städten Deutschlands. Erlebten Wochenenden in meinem sowie in seinem Zuhause und begingen ein friedvolles Weihnachtsfest und einen einmaligen Jahreswechsel in einem der verrücktesten Kurorte Deutschlands. Es folgten lange Telefonate. Die Telefonkosten stiegen ins Immense.

Ostern verabredeten wir uns in Mitteldeutschland, eigentlich, um Abschied voneinander zu nehmen.

Der Jahrestag kam. Ich fuhr in unseren Kennenlern-Kurort und suchte das Labyrinth auf. Der Pfennig lag noch in der offenen Säule. Mein Kurschatten war nicht gekommen.

Höre ich das Lied «Barbados», denke ich an unser unwiederbringlich schönes Miteinander.

Ob er wohl ebenso daran denkt?

Brunhild Kollars

Begegnung

Im ersten Jahr nach dem Krieg brach der Winter mit klirrendem Frost über die Menschen herein. Der Schnee fiel tagelang in dichten Flocken auf Dörfer, Hügel und Felder, hüllte alles in eine weiße Pracht, die lange blieb. Doch die Schönheit und

Erhabenheit der Landschaft war in der bitteren Nachkriegszeit keine reine Freude. Der Kälteeinbruch verschärfte das ohnehin entbehrungsreiche Leben der Flüchtlinge. In meinem thüringischen Heimatort hatte ein Zustrom von Vertriebenen aus Ostpreußen, Pommern, Schlesien, aus dem Banat und dem Sudetenland die bisherige Einwohnerzahl fast verdoppelt. Die Einheimischen versuchten, so gut es ging, Not und Elend der Heimatlosen zu lindern. Eine Welle von Hilfsbereitschaft erfasste die Menschen, aber es gab auch Leute, die weit davon entfernt waren, auch nur kleine Opfer zu bringen. Wir, eine Gruppe junger Mädchen des Dorfes, nahmen uns vor, eine ganz besonders schöne Weihnachtsfeier für die Flüchtlinge zu gestalten. Sie sollten spüren, dass unsere Herzen mit ihnen fühlten.

Nun begann für uns eine betriebsame Zeit der Vorbereitungen. Mit großen Waschkörben zogen wir von Haus zu Haus, sammelten Spielzeug, Kleidung, Wäsche, Lebensmittel und Geld. Erstaunliche Mengen trugen wir zusammen, fast jeder gab reichlich, mit offenen Händen, wie wir es später nicht wieder erlebt haben. Butter, Eier, Mehl, Zucker, Sirup und Honig aus der Sammlung wollten zwei Freundinnen mit mir zu Pfefferkuchen und Keksen verarbeiten. Dazu stellte der Bäcker seine Backstube zur Verfügung. Hier kneteten, rollten und stachen wir aus, tagelang, es war ein Riesenspaß.

Auf Riesenblechen buk der Bäcker alle Teigwaren ab.

Mit einem Märchenspiel mit Musikuntermalung wollten wir den geplanten Abend eröffnen. Ein junger Mann, aus der Gefangenschaft zu seinen evakuierten Eltern in unser Dorf entlassen, erklärte sich zu unserer Freude bereit, die Spielleitung zu übernehmen. Wir wussten von seinen literarischen Fähigkeiten und seiner künstlerischen Begabung, er wurde später Redakteur einer namhaften Erfurter Zeitung.

Dank seiner Regie gelang es ihm, mit uns, den Laiendarstellern, und guten Musikern die Aufführung zu einem außerordentlichen Erfolg werden zu lassen. Stürmischer Beifall erscholl, die Kinder jubelten, als aus dem furchterregenden Bären ein strahlender Prinz wurde, erlöst aus Zauberbann, es war meine Rolle, die ich mit großem Einsatz gespielt hatte. Schneeflocken, Elfen, das Irrlicht, die Fee, das Geschwisterpaar Hans und Liese und der Prinz überreichten allen Kindern Pakete, auch Spielzeug lag zum Aussuchen bereit und viele nützliche Sachen für die Erwachsenen.

Als hätte ein sanfter Tauwind eisige Härte aus den Gesichtern geweht, so strahlten alle, Fremde und Einheimische, das Eis war gebrochen.

Später, als ich aus dem Saal ging, hielt mir ein unbekannter junger Mann die Tür auf, grüßte freundlich. In der folgenden Zeit begegnete ich ihm noch einige Male. Sein Blick traf mich bis ins Herz. Ich fühlte mich wie benommen, befand mich ständig in einem seltsamen, schwebenden Zustand, spürte nur einen Wunsch, ihn kennen zu lernen.

Der Wunsch sollte sich bald erfüllen. Der russische Kommandant ließ sich erweichen, erteilte die Genehmigung für einen Tanzabend im Saal der Gemeindeschenke. Voller Erwartung fieberten wir dem Ereignis entgegen.

Trotz der Verluste von Freunden und Verwandten, trotz Trauer und Leid, die Schatten des Krieges lagen noch über uns allen, war ein Verlangen nach Tanzen und Fröhlichsein da.

Endlich kam der ersehnte Abend. Schon auf den ersten Blick beim Betreten des Saales sah ich ihn, Gerhard!! Kein Namenloser mehr für mich. Alfons, mein «Regisseur», hatte mir einiges über Gerhard erzählt, auch, dass er Schlesier war.

Kaum hatten die Musiker ihre Instrumente gestimmt, die ersten Töne erklingen lassen, da stürzten die jungen Burschen auf uns zu, um die Auserwählte zur Tanzfläche führen zu können. Auch Gerhard ließ sich mitreißen, hatte seine Zurückhaltung vergessen, so gelang es ihm fast immer, meinen Freunden zuvorzukommen, um mit mir zu tanzen. Bald war alles um uns herum versunken, auch die mit Argusaugen beobachtenden älteren Frauen auf der Galerie interessierten uns nicht mehr. Ein Taumel der Glückseligkeit hatte uns erfasst. Der Abend, es war der 2. Februar, wurde uns zum Schicksal, der Beginn einer Liebe für ein ganzes Leben. Diese unsere erste Begegnung haben wir jedes Jahr gefeiert. Unser größtes Glück war, dass wir uns erinnerten, unabhängig voneinander, und ohne Absprache Überraschungen bereit hatten.

«Schließlich kam einer, der Freuden schweigen heißt und Liebesbande ohne Mitleid zerreißt.» So steht es in den Märchen von Tausendundeiner Nacht.

Nils H. Pieritz

Sophies neue Welt

Als ich sie das letzte Mal sah – ich hatte Sophie zum Bahnsteig gebracht –, standen wir uns gegenüber, sahen uns meistens schweigend an, drucksten um unsere wenigen Worte herum, so, als ob sich seit eben etwas zwischen uns gestellt hätte – etwas, das ich noch nicht erkennen konnte damals …

Keine Mauer und auch keine persönliche Unbill – nur etwas Neues, Unbekanntes – irgendetwas, das ich vielleicht an diesem Morgen als eine Art Verlegenheit bewertete, die versuchte, die Trauer vom Abschiednehmen zu verstecken, sie zu überspielen; was einmal schlecht gelang und zum anderen – weil es «das» eben *nicht* war, was sich erst viel später deutlich herausstellte …

Also keine übliche Trauer oder «einfache Angst» und auch

nicht der «normale Schmerz», der fast jedem Abschied wie ein tränentreibendes oder halsverengendes Gewürz beigemengt zu sein scheint – oder: auch ganz bestimmt keine stille Freude darüber, dass «man» jetzt – in ein paar Minuten – kaum dass der Zug in Gleis 4 einläuft, das Wochenende überstanden hat, man seiner höflichen Pflicht bis zum Ende nachgegangen, bald wieder alleine mit sich ist – befreit von den vielen aufgesetzten Interessen, Rücksichtnahmen, Liebeleien oder vorgetäuschten Gemeinsamkeiten – was ja alles nicht so selten ist bei vielen Paaren oder Pärchen – wenn solche Verbindungen dann überhaupt noch als paarig bezeichnet werden dürfen … und – *können*.

Was ich aber damals deutlich wusste, war, dass gerade wegen der Nähe, die wir beide zueinander empfanden, Sophie mit diesem «Zustand alleine» niemals überfordert gewesen wäre … weil dieser ihr und mir innerlich nur *gut* tat und sich ausgesprochen lieb und zart auf unsere Verbundenheit auswirkte!

Wir liebten uns inniglich, jeder auf seine Art – und alles, was wir taten, empfand ich jedes Mal als ein gegenseitiges Geben und Nehmen – welches dem «Welten voneinander entfernten Altersunterschied» außergewöhnlich harmonisch angepasst war – vielleicht deshalb «nur», weil sich unsere Seelen berührten … und Seelen ja bekannter- oder unbekanntermaßen nichts und überhaupt nichts mit den Jahren zu tun haben (die uns ja alle mehr oder weniger nur optisch voneinander trennen) – und auch nie etwas damit zu tun haben werden … auch wenn das viele nicht wahrhaben können oder wahrhaben wollen – vielleicht nur, weil sie vor dieser beobachtbaren Wahrheit Angst haben – Angst davor deshalb «nur», weil der Mensch ganz offensichtlich heute vielleicht nur dazu geboren ist (oder: zu sein scheint …), um alles Neue und Fremde mit Furcht und Verstecken zu beantworten (in Ermangelung seiner ehemaligen Unschuld …), im schlimmsten Falle sogar mit der Vernichtung des Ihm-Angst-Machenden, indem er sich dann natürlicher-

und logischerweise selbst guillotiniert – die wenigen stützenden Pfeiler seiner Existenz «einfach so abtut» und damit folgerichtig in seiner eigenen Ignoranz erstickt …

(Was uns deshalb auch nicht *weniger* schuldig macht …)

Sophie befand sich damals, wie ich heute sicher weiß, in einem sehr tragischen inneren Zustand, in dem sie die unmittelbar drohende Gefahr der Zerstörung ihrer Seele äußerst lebensklug – nämlich instinktiv und analytisch zugleich – «voraussah» mit ihren damals gerade erst einmal fünfzehn Jahren …

Tragisch und gefährlich deshalb – weil sie spürte, wie nahe wir uns waren, wie eng wir miteinander fühlten, handelten und dachten einerseits und: dass in dem Zustand des in der Regel täglich voneinander getrennten Lebens sich die Fratze einer sie zerstörenden Verzweiflung und Trauer in sie einzufressen begonnen hatte, der sie nicht mehr entgegensetzen konnte als ihre stumme Ohnmacht – hervorgerufen durch gewisse gewissenlose Ansprüche und die entsprechenden Forderungen ihrer ohnehin schon längst restlos zerstörten «Familie» – deren zersetzendem Druck sie sich in ihrer «Kind-Abhängigkeit» aber nicht mehr länger entziehen konnte … und dem sie hilflos ausgeliefert war.

Heute ist mir Sophies stumme Verzweiflung auf dem Bahnsteig so *deutlich* vor Augen! – *Sie* wusste damals, dass sie sich von uns beiden trennen musste – und dieses geheime und abrupte «Von-uns-Abschied-Nehmen» ihre einzige und somit auch letzte Waffe gegen die innere Zerstörung, die sie fühlte – und auf sich zukommen sah – war … und in diesem Wissen der Endgültigkeit des Schweigens und Handelns *gegen* sich und mich verstehe ich heute unsere letzte Begegnung, mein letztes Hand-in-Hand-Halten mit dieser großen, kleinen – alten, jungen Frau.

Sophie hat aber an diesem späten Maimorgen nicht nur von *uns* Abschied genommen – sondern auch von den gemeinsam geplanten Sommerferien, ihrem Segelboot, den polnischen Abenteuern und der Herbstreise nach Florenz …

und: von der ganzen, für sie so schön überschaubaren Zukunft; damals – auf dem Bahnsteig – hat Sophie ihre Liebe und Unschuld dem so genannten «Leben» hingegeben, das schmerzlichste Opfer gebracht, zu dem der Mensch überhaupt in der Lage ist und zu dem die wenigsten fähig sind!

Sie hat ihren Freund danach nie mehr besucht, ihm geschrieben oder ihn angerufen … doch manchmal berührt mich ganz leise das Gefühl einer besonderen Liebe, die ich erst durch Sophie gezeigt bekam, die ich nur durch *sie* kennen gelernt habe … und: *die sie nie verraten hat!*

Petra Oelker

Die Wildnis der Gedanken

Der neue Morgenmantel stand ihr ganz ausgezeichnet. Eine kluge Wahl. Sie betrachtete sich in dem großen Spiegel. Apricot passte gut zu ihrem hellen Teint, harmonierte perfekt mit dem leichten Rotton ihres Haares. Nur der Lack auf den Zehennägeln war ein wenig zu blaustichig.

Ich bin vierzig, dachte sie, sehe aus wie fünfunddreißig und fühle mich wie einhundertundzwei. Oder wie elf. Nein, das war Unsinn, nur ein Klischee. Sie fühlte sich weder wie einhundertundzwei noch wie elf. Sie fühlte sich wie gar nicht.

Sie kniff sich flüchtig in die Nasenspitze und schlenderte mit ihren eleganten, langsam wiegenden Schritten durch die Halle in den vorderen Salon. Mit leichter Hand balancierte sie eine Tasse aus durchscheinend feinem Porzellan. Der Darjeeling schwappte nicht über den Rand. Nicht einmal der Tee, dachte sie. Ich bin vierzig, sehe aus wie fünfunddreißig …

Sie lauschte ihren Gedanken nach und lächelte. Die Stunde am Morgen, nachdem Gregor das Haus verlassen hatte – immer pünktlich um acht Uhr fünfzehn –, nannte sie für sich ihre schwache Stunde. Jeder Mensch, so fand sie, brauche hin und wieder eine kleine Wildnis der Gedanken. Ohne Regeln, ohne Zäune, ohne das Korsett der Vernunft. Obwohl sie ein wenig enttäuscht gewesen war, dass sie darin vor allem Melancholie vorfand, öffnete sie sich ihrer Wildnis in dieser Stunde am Morgen. Aber letztlich war die Melancholie doch sehr wohlig, und ihre Zufriedenheit blieb davon unberührt. Darauf war sie stolz. All das Gejammer ringsum fand sie degoutant.

Doch seit einigen Monaten spürte sie hin und wieder ein leichtes Unbehagen. Aber es würde vergehen. Obwohl die Frage, die der alte Meyer-Blanck neulich aufgeworfen hatte, sie beschäftigte. «Für was», hatte er mit einem boshaften Kichern in die Tischrunde gefragt, «für was wird man Sie an Ihrem Grab loben?» Die Frage erwies sich als anregendes Gesellschaftsspiel. Vor allem die Männer beteiligten sich. Ganze Grabreden wurden gesponnen. Am besten schriebe irgendjemand mit, hatte sie mit einem Blick in die glänzenden Gesichter gedacht, vielleicht könne man bald eine davon brauchen.

Sie hatte nicht mitgespielt, aber das war niemandem aufgefallen. Die Frage nach der Grabrede war keine, die ihr plötzlich klar machte, wie endlich das Leben ist, wie kostbar jede Minute und solcherlei Bigotterie. Das alles war ihr schon lange bewusst. Nein, sie hatte sich ihr Leben so eingerichtet, wie es ihren Möglichkeiten entsprach. Sie war Gregor eine perfekte Ehefrau, gebildet und mit besten Manieren, eine charmante Gastgeberin und erfahrene Organisatorin, schön, elegant, aber nie extravagant, dann und wann (nach all den Jahren) auch die zärtliche und angemessen leidenschaftliche Geliebte.

Als die Zwillinge ins Internat kamen, nur für die letzten Jahre vor dem Abitur, hatte sie über ihre Qualitäten als Mutter nachgedacht. Auch daran war nichts auszusetzen. Ihre Kinder liebten und bewunderten sie tatsächlich sehr. Nicht zuletzt, weil sie sich von ihr niemals bedrängt fühlten.

Ein ganz normales Leben für eine Frau, die nicht vorgab, mutig zu sein. Der Reichtum, in dem sie aufgewachsen war, war ihr nie als etwas Besonderes erschienen.

Ein Hauch von Gregors Eau de Toilette lag in der Luft, Moschus und Pomeranzen. Sie würde ihn diskret darauf hinweisen müssen, dass ein wenig weniger … Gregor war sehr empfindsam, im Privaten.

Sie trat ans Fenster, nippte an ihrem nun gut temperierten Darjeeling und blickte hinaus in den Garten.

Sie sah ihn nicht sofort. Ihre Augen ruhten sich im Morgendunst aus, in den Tautropfen auf dem Rasen, die in der matten Sonne nur leicht glitzerten. Später dachte sie darüber nach, warum sie ihn nicht sofort gesehen hatte. Sie hätte ihn sehen müssen. Er saß in der Mitte des vorderen Gartens, den Rücken an den Stamm der Buche gelehnt, ein Bein ausgestreckt, das andere angewinkelt. Sein Hemd war rot, gelb und blau kariert. Die Schuhe, das registrierte sie ganz nebenbei, waren von guter Qualität. Schuhe, hatte sie immer gefunden, verrieten doch sehr viel.

Sie beugte sich ein wenig aus dem geöffneten Fenster und betrachtete die Gestalt wie ein seltenes Insekt hinter dem Glas einer zoologischen Sammlung. Für einen Moment fühlte sie einen leichten Schmerz an der Nasenspitze, genau da, wo sie sich kurz zuvor mit den Nägeln von Daumen und Mittelfinger gekniffen hatte. Der Mann hatte den Kopf in den Nacken gelegt, seine Augen waren geschlossen.

Vielleicht, dachte sie, ist er kein Mensch, sondern eine Statue. Für immer jung. Der Gedanke gefiel ihr. Eine Art moderner Amor, wie die dicke, mit moosgrüner Patina belegte Figur am Rande des Brunnens. Sächsisches Barock, ein echtes Stück aus den Gärten von Schloss Moritzburg, hatte der Antiquitätenhändler versichert. Ohne Expertise, leider. Das hatte den Preis erheblich beeinflusst.

Der Mann unter dem Baum entsprach allerdings nicht den landläufigen Vorstellungen eines rundlichen Amor. Achill, dachte sie, eher Achill. Groß, breite Schultern, muskulös, aber nicht zu sehr, ganz ohne diesen unästhetischen Herkules-Effekt.

Achill unter einer Buche fern von Troja in einem von hohen Taxushecken gesäumten Garten, Achill in der stillen Hamburger Winckelmannstraße.

Achill im karierten Hemd schlug die Augen auf. Nun wird er sich erschrecken, dachte sie mit einem Anflug völlig ungewohnter Boshaftigkeit.

«Guten Morgen», sagte der Mann und lächelte. «Wohnen Sie jetzt hier?»

«Wie kommen Sie in unseren Garten?»

«Durch das Gartentor.»

«Es ist verschlossen.»

«Nein», sagte er, stand auf und schlenderte über den nassen Rasen heran. «Es ist nicht verschlossen.»

«Es ist immer verschlossen.»

«Heute nicht.»

Er stand nun genau unter dem Fenster und sah zu ihr hinauf. Seine Augen waren grau (das war ein Irrtum, wie sie später, bei sehr viel näherer Betrachtung, feststellen würde).

«Was tun Sie in unserem Garten?»

«Ich wollte nur hören, ob die Buche noch das gleiche Lied singt …»

Sie starrte ihn an. Ein Verrückter. Oder einer, der zu viel schlechte Romane gelesen hatte. «Bäume», sagte sie streng, «singen nicht. Bäume rauschen.»

Das Grinsen veränderte sein Gesicht. Er sah plötzlich sehr jung aus, und ihre Hand wollte über sein Haar streichen. Das Gefühl war ihr peinlich. So schrecklich trivial. Dabei war es nicht einmal besonderes Haar, hellbraun, nicht dick, nicht dünn; aber sie glaubte, es weich und doch kräftig in ihrer Hand zu fühlen. Der Tee tropfte langsam aus der Tasse auf das Revers des apricotfarbenen Morgenmantels.

So hatte es begonnen. An einem sonnigen Morgen im Juni. Sie hätte ihm nicht erlauben dürfen, das Haus anzusehen. Man darf niemals einem Fremden erlauben, ein Haus zu besichtigen, das Tag und Nacht von Kameras und Alarmanlagen mit direktem Draht zum nächsten Polizeirevier bewacht wird. Auch niemandem mit solchen Augen an einem sonnigen Morgen um Viertel vor neun. Und ganz besonders nicht an einem Dienstag, dem einzigen Tag in der Woche, an dem sowohl das Mädchen, die Putzhilfe als auch der Gärtner gleichzeitig freihatten.

Er habe mal in diesem Haus gewohnt, hatte der Mann erklärt, bis vor etwa dreizehn Jahren, und unter der Buche tausend Bände Karl May gelesen. Damals habe sie noch gesungen.

Er würde auch gerne sehen, ob man vom Dachboden noch immer über die Elbe bis nach Finkenwerder sehen könne oder ob die Bäume hinter der Elbchaussee inzwischen zu groß geworden seien.

«Die Bäume wachsen hier schon lange nicht mehr», hatte sie zu bedenken gegeben, «sie sind zu alt.» Hier bleibe längst alles, wie es sei.

Das glaube er nicht, hatte er geantwortet. Aber sie hatte Recht gehabt. Vom Dachfenster aus hatten sie über den Wipfeln der Bäume die Spitze des Kirchturms von Finkenwerder am südlichen Flussufer entdeckt.

Sie hatten dann noch zusammen Tee getrunken, nur eine Tasse, in der Küche, nicht im vorderen Salon.

Die Küche, hatte er gesagt, habe sich kolossal verändert.
Sie hatte gelacht. Kolossal sei ein sehr altmodisches Wort.

Als sie gegen Mitternacht von der Vorstandssitzung des Vereins zur Förderung der Künste zurückkam und ihre weinrote englische Limousine langsam die Auffahrt hinaufrollen ließ, brannte nur im Schlafzimmer noch das Licht. Wahrscheinlich war Gregor schon über seiner Zeitung eingeschlafen. Es hatte zu regnen begonnen. Der sächsische Amor wachte einsam über dem steinernen Brunnen.

Warum sie Gregor auch am nächsten Morgen nichts von dem seltsamen Besuch sagte, wusste sie nicht genau. Er würde sich nur über ihren Leichtsinn ärgern, einem, der nur ein Dieb sein konnte, zu zeigen, wo die wertvollsten Antiquitäten standen. Auch wurde Gregor nicht gerne daran erinnert, dass dieses Haus nicht der alte Familienbesitz war, für den er es gerne ausgab. Dass sie das Haus vor zwölf Jahren günstig kaufen konnten, weil es ziemlich heruntergekommen und schon jahrelang von ganz offensichtlich kinderreichen Familien bewohnt gewesen war, behielt er gerne für sich. Auch die Nachbarn, die sich lange bemüht hatten, diesen Schandfleck in der seit jeher gediegenen Straße mit ihren honorigen Backsteinvillen zu beseitigen, schienen das vergessen zu haben. Der Umbau und die Renovierung hatten so viel gekostet wie ein neues Haus. Aber Gregor hatte unbedingt in die Elbvororte ziehen wollen. Und er hatte auf diesem alten Haus in Hochkamp bestanden, das ihm nicht nur Wohnung, sondern auch das hanseatische Flair lieferte, das seiner Stellung als Vorstandsvorsitzender der großen Reederei angemessen war.

Nur deshalb, sagte sie sich nach dem gemeinsamen Frühstück, hatte sie Gregor, der doch so empfindsam war, nichts erzählt. Wieder wanderte sie mit der Teetasse durch das Haus. Irgendwo summte der Staubsauger, der Gärtner kniete in der

Blumenrabatte an der Hecke, und der Platz unter der Buche war – natürlich – leer. Sie stellte die Tasse auf das Fensterbrett und ging die Treppe hinauf in ihr Schlafzimmer, um sich anzuziehen. Sie hatte seinen Namen vergessen. Ihr fiel immer nur Achill ein. Es war heiß für Anfang Juni. Vielleicht wäre es doch gut, Gregor von dem Besucher zu erzählen. Oder der Polizei.

Als sie am folgenden Dienstagmorgen mit der Teetasse ans Fenster trat, sah sie es sofort. Amor hatte den steinernen Arm voller weißer Rosen. Lächerlich, dachte sie, so etwas Lächerliches, und wischte sich den Tee vom Revers. Dann rannte sie hinaus, lächerlich, absolut lächerlich. Niemand war zu sehen, auch das Gartentor war verschlossen, wie es sein sollte. Nur diese Rosen in Amors rundlichem Arm. Sonst war alles wie an jedem Morgen. Sie stach sich, als sie die schweren Blüten von der Statue nahm, um sie in einem Krug auf den Küchentisch zu stellen. Es schmerzte, aber nicht zu sehr.

Sie hatte zwei Termine an diesem Tag und musste sich beeilen. Der Berufsverkehr auf der Elbchaussee war schon vorüber, sie hatte freie Fahrt. Bei Teufelsbrück bog sie rechts in den Parkplatz am Anleger für die Elbfähren. Sie hielt und suchte im Handschuhfach vergeblich nach einer Zigarette. Sie sah auf den ruhigen Fluss. Ein Schiff nehmen, dem Meer und dem Sturm entgegen. Eine Welt ohne Horizont. Sie wendete den Wagen, fuhr die Elbchaussee zurück, bog in die Winckelmannstraße ein und parkte vor dem Haus. Der Platz unter der Buche war leer. Lächerlich, dachte sie wütend, ich benehme mich absolut lächerlich.

Als Gregor am Abend nach Hause kam, erzählte er, dass irgendein Vandale den Rosengarten der Wortmanns geplündert habe. Die Küche betrat er nie, auch an diesem Abend nicht.

Wieder wurde es Dienstag, wieder trat sie mit der Teetasse in der Hand an das Fenster im vorderen Salon, und wieder sah sie ihn nicht sofort. Ihr Blick hatte den kleinen Amor gesucht, der an diesem Morgen mit nichts als seiner matten Patina geschmückt war. Dann sah sie ihn. Er saß auf dem untersten Ast der Buche, baumelte mit den Beinen und sah sie an.

«Danke für die Rosen», sagte sie und nippte an ihrem Tee. «Sie stehen noch immer in der Küche.»

«Freilandrosen», antwortete er ernsthaft, «die halten lange.» Ob er sie sich anschauen dürfe.

An diesem Tag stellte sie fest, dass seine Augen weniger grau als grün waren. Aus der Nähe. Und dass er einen Leberfleck an der gleichen Stelle hatte wie sie selbst, genau zwischen der sechsten und siebten linken Rippe.

In den Wochen, die nun folgten, fühlte sie sich nicht mehr wie einhundertundzwei, manchmal wie elf, aber meistens wie irgendwo zwischen siebzehn und – tatsächlich – vierzig. Zuerst fand sie dieses Sich-Fühlen sehr angenehm, dann kolossal und schließlich berauschend. Sie wartete auf den Kater, der doch jedem Rausch folgen soll. Aber er kam nicht. Nur Achill kam. Immer wieder, und mit ihm der Rausch.

Gregor war in dieser Zeit sehr beschäftigt. Er kämpfte an seinem Schreibtisch, in Konferenzräumen und an Restauranttischen. Er spielte mit Millionen, sorgte für eine gute Dividende. Gregor focht den Kampf der Wirtschaftsgeneräle und war zu beschäftigt, um zu bemerken, dass seine Frau nicht nur die Farbe ihres Hausmantels geändert hatte. Sie trug nun am Morgen Weiß.

Sie dachte über ihr Leben nach, und das ist immer gefährlich. Sie dachte nie darüber nach, wenn sie bei Achill war oder wenn sie ihre Pflichten in Vereinen und Komitees oder als Gastgeberin erfüllte. Aber dazwischen war genug Zeit. Worüber hatte sie vorher, in der Zeit vor Achill, nachgedacht? Sie erinnerte sich, wie sie wenige Tage vor seinem ersten Besuch herauszufinden versuchte, wie sie ihr Leben gestaltet hatte. Sie war zu keinem Schluss gekommen, alles hatte sich so ergeben. Sie konnte sich auch nicht daran erinnern, dass sie je, wie es nun ihre Tochter tat, nach einem Vorbild gesucht hatte.

An dem Tag hatte sie sich bemüht, eines zu finden, um vielleicht doch noch damit anzufangen, ihr Leben zu gestalten. Mutter Theresa? Zu faltig. Florence Nightingale? Zu selbstlos. Marilyn Monroe? Viel zu tragisch. Überhaupt waren ihr nur Frauen eingefallen, die entweder klösterlich lebten oder tragisch geendet waren. Keine Vorbilder, um das Leben neu zu gestalten. Sie hatte einfach keine Talente, um mit etwas Besonderem hervorzustechen. Einige Tage war sie deprimiert gewesen.

Vielleicht George Sand?, dachte sie nun. Die Liebe ist auch keine Lösung. Aber sie ist ein Anfang, denn sie bringt alles durcheinander. Der Gedanke gefiel ihr sehr.

Achill hatte Vorbilder. Hemingway zum Beispiel. Das fand sie rührend. Hemingway als Idol erschien ihr sehr kindlich und auch recht gewöhnlich. Sie konnte nicht verstehen, was so viele Männer an diesem gehetzten Trinker- und Jägerleben mit seinem jämmerlichen Ende erstrebenswert fanden.

Sie hatte ihn nie gefragt, wie alt er war. Meistens trafen sie sich in seiner Wohnung. Zwei große Zimmer im vierten Stock eines dieser alten Mietshäuser in Ottensen, deren narbige Fassaden rosa, hellgrün oder gelb bemalt waren. Am Vormittag fiel die Sonne direkt auf das Bett. Sie nannte ihn auch dort immer nur Achill. Dann sei sie Helena, hatte er an so einem Morgen in der Sonne gesagt, das passe auch viel besser als Antonia. Wer heiße schon Antonia?!

Sie wusste nicht, womit er sein Geld verdiente. Er hatte wenig, aber er schien auch nicht viel zu brauchen. Eines Tages, versicherte er ihr, würde er sehr viel haben. Dabei zeigte er auf den Stapel Papier neben der schwarzen Schreibmaschine auf dem

Tisch am Fenster und lachte. Dann entführ ich dich, sagte er und wandte sich wieder den Leberflecken zu.

Der Stapel auf seinem Tisch wuchs sehr langsam. Manchmal war er auch kleiner als am Tag zuvor. Dann war Achill sehr deprimiert und besonders liebebedürftig. Als der August zu Ende ging, beschloss sie, nicht darauf zu warten, bis er reich genug für die angekündigte Entführung sei. Sie sorgte sich ein wenig, dass es zu lange dauern würde, dass er darüber die Lust an den Leberflecken und allem, was dazugehörte, verlieren könnte. Auch hatte sie schon vor einiger Zeit gefunden, dass dieses absolut lächerliche Benehmen, dass sie sich mit Achills aktiver Hilfe zur Gewohnheit gemacht hatte, zwar außerordentlich bekömmlich war, aber nun doch eine Steigerung brauchte.

Sie eröffnete ein Konto bei einer italienischen Bank. Zum ersten Mal wurde ihr bewusst, wie angenehm es ist, die Tochter einer reichen Mutter zu sein. Als Gregor von einer seiner Auslandskonferenzen zurückkam und statt der erwarteten Gattin nur einen sanft nach Rosen duftenden Brief vorfand, war sie mit Achill, der weinroten Limousine und ein paar Koffern längst in Venedig. Nicht sehr originell, aber Achills, des romantischen Achills Traum. Außerdem war sie, die Weitgereiste, anders als er, niemals in Venedig gewesen. Und Venedig, hatte sie gedacht, ist doch gewiss sehr hübsch, so mitten im Wasser.

Achill liebte die Frau aus dem Haus seiner Kindheit auch in Venedig innig, nicht nur als Muse, nein, ganz einfach als Frau. Er liebte ihren Körper und ihre Gedanken, ihre Augen, ihr Haar, ihr Lachen. Ihre unersättliche Neugier auf alles Ungewohnte, und ihr Verständnis. Er liebte das Leben mit ihr. Helena liebte Achill auf die gleiche Weise. Vielleicht liebte sie seinen Körper ein klein wenig mehr als seine Gedanken.

Sie hatten eine Wohnung an der Rio Terà Maddalena gefunden, einer ruhigen Straße am Rande des Ghetto Nuovo, in jenem nördlichen Teil Venedigs, der von den Touristenströmen weitgehend verschont bleibt. Achill war nicht bereit gewesen, in einem der komfortablen kleinen Hotels zu wohnen.

«Ich will nicht dein Geld», hatte er gesagt, «ich will nur deine Liebe.»

Das fand Helena schön, und sie fand schließlich auch, dass wollene Socken beinahe eine Fußbodenheizung ersetzen.

Helena trank nun am Morgen tiefschwarzen Kaffee mit heißer Milch. Sie lernte die Freuden der Tage ohne Gleichmaß kennen, der langen Nächte in engen Bars und Trattorien mit der bunt zusammengewürfelten Clique von Reisenden, die, auf der Suche nach einem Stückchen Fremdheit, für einen Winter in Venedig zu Gast waren. Die meisten waren junge Amerikaner, die vom Künstlerleben träumten. Bohemiens für eine Saison, die mit dem nächsten Sommer in den klimatisierten Türmen irgendeiner Großstadt ihre Zukunft als Autohändler oder Lehrer, als Ärztin oder Immobilienmaklerin antreten würden. Oder als Hausfrau hinter hohen Hecken, dachte Helena, wenn sie die schönen jungen Frauen in phantasievollen Gewändern und rot und schwarz gefärbten Haaren betrachtete.

Helena war kaum von ihnen zu unterscheiden. Sie fühlte sich wohl in dieser Buntheit, vielleicht, weil diese durch die Düsternis der venezianischen Gassen und den beharrlich von der Lagune eindringenden Nebel mit der ihr so vertrauten, wohligen Melancholie gedämpft wurde. Sie wanderte oft allein durch die Stadt und spürte deren Legenden nach. Achill saß dann an seiner Schreibmaschine, der Stapel Papier auf dem Tisch am Fenster wuchs nun gleichmäßig. Helena betrachtete stundenlang die Bilder in der Galleria dell' Accademia. Besonders liebte sie die kleinen Landschaften der Maler aus dem 18. Jahrhundert. In einer Galerie nahe dem Palazzo Grassi kaufte sie eine. Nur eine Reproduktion, erklärte sie Achill, aber doch sehr gut gemacht. Er fand das Bild ein wenig kitschig, aber wirklich stimmungsvoll. Achill verstand nichts von Malerei.

An einem Nachmittag im Januar, sie sprang gerade an der Rialto-Brücke aus dem schaukelnden Vaporetto auf den Anleger, sah sie ihn. Er hatte sich bei einer dieser bunten jungen Frauen eingehängt. Bei einer, die sie nicht kannte. Achill und die junge Frau gingen nahe nebeneinander, er küsste ihr Haar, und beider Bewegungen verschmolzen, als wären sie in einen Mantel gehüllt. Sie sah ihnen nach, sah ernste Gesichter mit sprechenden Mündern, deren Worte der scharfe Wind fortwehte. Der Januar war auch in Venedig kalt.

Als sie die Wohnung in der Rio Terà Maddalena betrat, roch sie den vertrauten, scharf gebrannten Kaffee und fremden Zigarettenrauch. Die junge Frau in den bunten Kleidern saß am Tisch vor dem Fenster und blätterte mit kleinen weißen Händen in dem Papierstapel.

«Marina ist gekommen», sagte Achill, der mit der Kaffeekanne aus der Küche hereinkam. Er stellte sich neben die Frau, die Marina hieß, und legte seine Hand auf ihre Schulter, als müsse er sie beschützen oder festhalten. Er begrüßte Helena nicht wie sonst mit einem Kuss. Diese Küsse waren manchmal flüchtig gewesen, aber eben doch Küsse.

«Marina», sagte Helena und suchte in ihrer Erinnerung.

Sie sah Achill und Marina, zwei Fremde hinter einem Rahmen. Wie die Menschen, die man tief in der Nacht im Vorbeigehen hinter einem Fenster in einem sanft erleuchteten Wohnzimmer beieinander sitzen sieht. Vielleicht über ein Buch gebeugt oder bei einem späten Abendessen. Seltsam vertraute Fremde, von deren Leben man doch gar nichts weiß, die hinter ihrer Glasscheibe in Sicherheit sind und diese Sicherheit mit niemandem teilen wollen. Die in der Dunkelheit vor dem Fenster bleiben Ausgeschlossene. Oder waren die im warmen Licht Eingeschlossene? Sie dachte daran, dass Venedig letztlich nicht viel mehr war als ein paar Inseln im Sumpf und die Reste einer Legende mit verrottenden Fundamenten.

«Marina», sagte Achill und lächelte wie einer, der sich über einen gelungenen Streich freut, «meine Schwester. Sie will das Manuskript holen.» Er griff nach Helenas Hand, zog sie heran und verteilte kleine Küsse an seine Schwester und seine Geliebte. Dann holte er eine dritte Tasse.

Helena fröstelte nicht mehr. Später, in der Nacht, wuchs ein Gefühl, das sie nicht verstand. Wie Enttäuschung. Oder Ungeduld?

Als der Karneval zu Ende war, spürte sie zum ersten Mal wieder das alte Unbehagen. Sie fühlte sich immer noch ab und zu wie siebzehn. Aber es ist doch auch recht ermüdend, dachte sie an einem sonnigen Dienstagvormittag, dieses Leben mit dem Rausch. Die morgendliche Stunde für die Wildnis der Gedanken hatte sie in Hamburg zurückgelassen. Nun kehrte sie zurück – ganz unaufgefordert – und brachte Bilder von einem ruhigen Vorgarten, vom Klappern der Heckenschere unter dem Fenster und von Tagen in wohligem Gleichmaß.

Sie saß in der Vorfrühlingssonne vor «Harry's Dolci» auf der Isola della Giudecca, nippte an einem Café Macchiato und blickte über das dunstige Wasser hinüber zum Dogenpalast. Der Mann, der sich an den Nebentisch setzte, legte einen Stapel Zeitungen auf die Marmorplatte. Die Financial Times, die Frankfurter Allgemeine und das Hamburger Abendblatt. Sein dunkles Haar schimmerte an den Schläfen silbrig. Er blickte auf und sah sie an. Grau, dachte sie, diese Augen sind tatsächlich grau.

«Entschuldigen Sie, Signora», fragte er nach kurzem Zögern, «kennen wir uns nicht?»

Sein Italienisch war ohne Fehler, aber sein Akzent eindeutig. Die Elbvororte, dachte sie mit einem kleinen Seufzer, das Klappern der Heckenschere unter dem Fenster und Tage in wohligem Gleichmaß. Angemessene Leidenschaft.

Mit den Elbvororten hatte sie sich geirrt. Auch, wie sie bald feststellte, mit der nur angemessenen Leidenschaft. Der Mann, der ihr auf der Terrasse des Restaurants auf der Giudecca begegnete, war eben nicht Gregor. Gregors Phantasie hätte höchstens für den Markusplatz gereicht. Ein Gedanke ganz ohne Bitterkeit oder Häme, nur eine Feststellung über etwas, das sehr weit entfernt schien.

«Du brichst mir das Herz», sagte Achill, als sie die kostbare kleine Landschaft von der Wand nahm und sorgfältig für die Reise verpackte.

«Das ist ein Satz aus deinem Roman», sagte Helena nach kurzem Nachdenken, «der erste von Kapitel fünf. Ich bin ebenfalls ein Teil deines Romans. Er wird ein großer Erfolg werden.»

Das tröstete Achill mehr, als sie erwartet hatte.

Die venezianischen Kleider mit den schwingenden Röcken ließ sie ebenso in der Wohnung an der Rio Terà Maddalena zurück wie die in den Koffern, die sie aus Hamburg mitgebracht hatte.

«Ich häute mich», sagte sie zu dem Mann mit den grauen Augen. Die Angst vor Klischees hatte sie längst verloren.

«Gut», sagte er. Und: «Mal sehen, was dann geschieht.»

So kehrte Helena (den Namen nahm sie mit) zurück in den Norden. Das Haus, in dem sie nun lebte, stand in weiß verputztem Jugendstil auf der Uhlenhorst nahe dem Feenteich. Im vorderen Garten hinter der Taxushecke reckte sich eine junge Platane. Am Morgen trug Helena nun Resedagrün und trank Kaffee aus dickwandigen weißen Tassen, scharf gebrannten italienischen Kaffee mit heißer Milch, ohne Zucker.

In der Farbe seiner Augen hatte sie sich diesmal nicht geirrt. Sie waren auch bei viel näherer Betrachtung grau geblieben, vielleicht mit einem Hauch von Grün am Rande der Iris.

An einem Dienstagmorgen im Juni trat sie an das Fenster und blickte über den taunassen Rasen des vorderen Gartens, der in der noch matten Morgensonne nur leicht glitzerte.

Sie sah zu der Platane hinüber, und es schien ihr, als sei der Baum in den letzten Wochen gewachsen. Das glucksende, leichtsinnige Lachen der venezianischen Bars und Trattorien stieg in ihr auf. Dann nahm sie mit breitem Mund einen großen Schluck Kaffee.

Sylvia Anders

Weihnachten – oder wie werde ich glücklich

Es war Samstag, der 23. Dezember. Seit einigen Jahren schenkte ich mir etwas Besonderes zu Weihnachten, nämlich, den Vierundzwanzigsten *alleine* und in aller Ruhe zu genießen. Selbstverständlich mit köstlichem Entenbraten, Wein und Kerzenschein.

Endlich mal wieder Zeit, Musik zu hören, angefangene Bücher weiterzulesen, in alten Programmheften zu blättern, Fotos oder Briefe zu sortieren, Kritiken einzukleben oder wegzuschmeißen, über Gelebtes und Erlebtes nachzudenken. Aber, wie gesagt, heute war ja erst der 23. Dezember und die Reise in die Vergangenheit musste warten. Ich blickte hinaus, draußen wurde es schon schummrig, die Straße – erfreulich leer – glänzte im leichten Nieselregen. Ganz spontan schrieb ich mit dem Zeigefinger in Großbuchstaben auf die Fensterscheibe: HEUTE IST WEIHNACHTEN! Mir kam eine glänzende Idee, warum nicht schon jetzt feiern und das Fest einen Tag vorverlegen? Gesagt, getan.

Am Heiligen Abend, also meinem «ersten Feiertag», war die Straße ganz in Zuckerwatte gepackt, denn es hatte nachts geschneit. Zur blauen Stunde machte ich mich in warmen Stiefeln auf die Socken, um in Hamburg-Uhlenhorst eine «schöne Bescherung» zu erleben. Die hell erleuchteten Fenster wurden zu meiner Kinoleinwand, und ich, als entspannte Zuschauerin, grinste schadenfroh: Papa, als HB-Männchen, kriegt die Tannenbaumkerzen nicht schnell genug an. Muttern, als preiswerter Lastenträger, schleppt die Fressalien heran. Dem süßen Hundilein wird das Wedeln schon vergehen, wenn er noch einmal die Schnauze in die Zitronenspeise steckt! Vorzeigekinder zanken schon wegen der Geschenke. Verkleidete Weihnachtsmänner dürfen wieder abrüsten. Wie im Theater.

Von der Schriftstellerin Agnes Hüfner gibt es eine herrliche, kabarettistische Szene: «Weihnachten zu Hause», die ich, unabhängig von der Jahreszeit, in meinen Chansonprogrammen zum Besten gebe: Die Familie singt das obligatorische Weihnachtslied, von ständigen Ermahnungen der Mutter unterbrochen, auch der Olle kriegt sein Fett ab, und zum Liedende bricht die feierliche Fassade zusammen, die entnervte Mutter stürzt heulend aus dem Zimmer – vielleicht hatte man sie nicht oft genug gelobt?

Meine Kindheitserinnerungen an Weihnachten sind andere.

Mein Vater war ein berühmter Opernsänger. Ich durfte als kleines Kind zur Weihnachtszeit nicht nur in «Hänsel und Gretel» gehen, sondern auch schon in den «Freischütz», dessen Titelpartie mein Vater, Peter Anders, an der Hamburgischen Staatsoper sang. Es wurde behauptet, dass ich nach der Vorstellung zu meiner Mutter gesagt hätte: «Du, heute muss Pappi aber viel Geld verdient haben, denn er ist ja so oft drangekommen!»

Einen weiteren unauslöschlichen Eindruck hinterließ auch folgendes Erlebnis: Ich hatte als Kind aufgeschnappt, dass mein Vater jetzt etwas ganz besonders Schweres zu lernen hätte, nämlich die Partie eines «Mohren». Das klang sehr geheimnisvoll. Daher durfte ich auch dabei sein, als eines Tages sein persönlicher Maskenbildner von der Staatsoper zu uns in die Wohnung kam, verschiedene Utensilien auspackte und meinem Vater das Gesicht dunkelbraun schminkte. Ein Kinnbart und eine schwarzhaarige Perücke wurden geklebt. Dann schlüpfte mein Vater in einen langen, kostbaren Umhang. Etwas verlegen bestaunte ich diese Verfremdung. Kurz darauf erschien eine sehr sympathische Frau in unserer Wohnung, stellte helle Lampen auf und begann ihn zu fotografieren. Viele Jahre später erfuhr ich von meiner Mutter, die ja alle Rollen und Liedprogramme mit ihm am Klavier erarbeitet hatte, dass damals mit dem «Othello» der Fachwechsel vom lyrischen zum Heldentenor vollzogen worden war. Unter der Regie von Günther Rennert wurde diese Premiere 1950 ein grandioser Erfolg. Die «Othello»-Fotos von Rosemarie Clausen zählen noch heute zu meinen Lieblingsporträts.

Ich sah meinen Vater selten, aber Ferien und Weihnachten waren natürlich für die Familie reserviert. Meinen Eltern war wichtig, den Kindern ein phantasievolles Fest zu bescheren. Einmal lief mein Vater heimlich in den Garten, um Schneebälle ans Fenster zu schmeißen, und meine Mutter versicherte glaubhaft, dass das der Weihnachtsmann gewesen sei. Der erschien denn auch leibhaftig in der Person von Ludi Linkmann, einem herrlichen Komödianten vom Deutschen Schauspielhaus. Mit strenger Routine wurde mein Bruder befragt, ob er denn auch immer schön artig gewesen sei? Dem kleinen Peter blieb vor lauter Schreck das Gedicht im Halse stecken, welches den Weihnachtsmann beeindrucken sollte, und heraus kam nur:

«Trarira, die Post, die Post ist da!»

Ich dagegen war robuster veranlagt. Meine Mutter studierte mit uns ein Krippenspiel ein. Ursula, meine ältere Schwester, war eine bezaubernde Maria, Peter ein sehr jung geratener Joseph, und ich – nein, nicht etwa das Jesulein – sollte das Gedicht «Denkt euch, ich habe das Christkind gesehen. / Es kam aus dem Walde, das Mützchen voll Schnee» aufsagen. Auf einer Probe war ich offenbar nicht so recht in Stimmung und äffte den aufmunternden Tonfall meiner souffl ierenden Mutter nach: «Ja, ja, ich weiß schon, wie es geht! Denkt euch, ich habe das A...loch gesehen ...»

In diese Zeit fiel auch folgende Episode. Weihnachten erwarteten die Eltern natürlich auch ein Geschenk von den Kindern. Als sich meine Mutter erkundigte, was mir denn für Pappi eingefallen wäre, hielt ich ein rosa Löschblatt hoch. Ihren Einwand «Ist das nicht ein bisschen wenig für den lieben Pappi?» ließ ich nicht gelten. Ich wusste, dass er seine Autogrammpostkarten mit weißer Tinte unterschrieb, und meinte: «Wieso, das braucht er doch für seine Autogramme. Außerdem will ich mir doch eine Armbanduhr kaufen, und da muss ich eben sparen.»

Tradition war auch in meinem Elternhaus, dass wir drei Kinder Heiligabend das Engel-Terzett aus dem «Elias» singen sollten, einen dreistimmigen A-cappella-Satz. Wenn der letzte Ton verklungen war, ging mein gerührter Vater zum Flügel, schlug den letzten Akkord an und lobte unsere Musikalität und Intonation. Ein allerletztes Mal haben wir dieses «Hebe deine Augen auf zu den Bergen, von welchen dir Hilfe kommt» 1979 am Grabe unserer Mutter gesungen.

Da mein Spazierweg an der Alster entlangführte, fiel mir

noch ein besonderes Nachkriegserlebnis ein. Es muss um 1950 gewesen sein. Mit Erlaubnis der englischen Besatzungsmacht durfte zum ersten Mal nach dem Krieg in Hamburg an der Binnenalster ein großes Feuerwerk veranstaltet werden, zu dem natürlich eine große Menschenmenge strömte. Mein Vater hatte sich bei Kriegsende in Berlin mit einem Colonel der US-Luftwaffe angefreundet, der später mein Patenonkel wurde. Dieser Onkel Joe verfügte über ein Auto, in dem er uns zum Feuerwerk mitnahm. Seine Uniform verschaffte den nötigen Respekt, und wir wurden von den Polizisten zu den vordersten Plätzen durchgewinkt. Als die Raketen ganz wunderbar böllerten und knallten, hörte ich Onkel Joe zu meinem Vater sagen: «Als ob die Deutschen nicht schon genug Blitz und Feuer gehabt hätten.»

Ich verstand damals diese Ironie natürlich noch nicht, sondern staunte nur über den blinkenden, fallenden Sternenregen.

Unterdessen war ich wieder zu Hause angekommen und freute mich auf meine gemütliche Wohnung. Viel zu kurz erschien die Woche zwischen den Feiertagen, und wie schnell begann wieder der Alltag mit den beruflichen Aufgaben. Ich packte für eine längere Theatertournee.

Einige Monate später, nach Hause kommend, fiel mein Blick auf die Fensterscheibe: HEUTE IST WEIHNACHTEN! stand da. Ach ja, die Scheiben müssten auch mal wieder geputzt werden.

Rainer Bubenzer

Weihnachtswege

Mit selbstverständlicher, fast schon gravitätischer Gelassenheit näherte sich in einer weiten Rechtskurve die schwere Elektrolokomotive dem Bahnhof Hamburg-Dammtor.

Schon seit Tagen hatte er sich auf diesen Augenblick gefreut: Endlich im Zug zu sitzen, nicht mehr die Gespräche des Berufsalltages zu führen, sich nicht mehr über Ansichten und Darstellungen anderer ärgern zu müssen, kurz, sich fern von stetig wiederkehrenden Anforderungen, die beharrlich ihrer Aufnahme entgegendrängten, ausgiebig entspannen zu können.

Die Mühsal der Weihnachtseinkäufe hatte er, so gut es ihm seine Zeit und Phantasie erlaubten, hinter sich gebracht.

Hofmeister meinte, so leidlich herausgefunden zu haben, was gewünscht würde, wenn er sich auch darüber im Klaren war, dass er doch nicht so ganz sicher sein konnte, ob es das Richtige wäre, was er diesmal an Weihnachtsgaben mitbringen würde.

Die Landschaft zeigte sich von ihrer jahreszeitlich schönsten Seite: Es lag Schnee, und ein mäßiger Frost versprach – zumindest in Hofmeisters stiller Hoffnung – weitere Wintertage. Hinzu kam, dass die Schneedecke zusehends höher wurde, da es nunmehr seit über einer Stunde in dichten Flockenschleiern schneite. Die niedrigen Fahrgeräusche des Zuges verklangen mehr und mehr, und zeitweilig, besonders bei Fahrten durch kleinere Mulden und verschneite Waldschneisen, schien es, als ob sich der Zug in eine dicke weiße Decke gehüllt hätte, mit der er, so verpackt, über seinen vorgezeichneten Weg dahinglitt. Es war, als gäbe er das von ihm selbst erzeugte, unablässig auf und ab fliehende feine Zischen des Fahrtwindes erst einmal an den Schnee weiter, der es großmütig aufnahm, sogleich in einen weichen, federnden Ton umwandelte, um ihn dann an den Ohren der Reisenden vorbei sanft verstummen zu lassen.

All diese Wahrnehmungen schufen für Hofmeister die besten Voraussetzungen für seine weihnachtliche Befindlichkeit. Aber obwohl er sich daran erfreute und zudem in ihm noch unversehens so etwas wie ein meteorologischer Dank aufkeimte – ein Bild, das er jedoch schnell, wenn auch ungern, wieder verwarf –, drängte es ihn dennoch, wie von ungefähr zu der Frage, was das eigentlich sei, was das für ihn bedeute, dieses Fest der Weihnacht.

Hofmeister war keineswegs verwundert, als er alsbald zugeben musste, dass seine Bilder zur Weihnacht von äußerlich abgelebten Zeiten oder, um es angenehmer zu sagen, von der Erinnerung lebten, von ihr getragen wurden. Und je mehr er sich auf diese Erinnerung einließ, je weiter ging er in seinem Leben zurück. Er sah die Eltern, Geschwister, Großeltern, konnte nacherleben – auch zugeben –, wie er als Kind die Adventszeit und schließlich Weihnachten herbeigesehnt hatte.

In Gedanken war er noch einmal beim Plätzchenbacken, einem Vorgang, bei dem die Mutter und die Großmutter sich bei seinen und seiner Schwestern Bemühungen geduldig zurückhielten, milde lächelnd die erforderlichen Anweisungen gaben und selbst das Teignaschen mit nachsichtigem Wegsehen bedachten.

Ihm kam in den Sinn, dass er schon viele Wochen vor dem Fest darüber nachgegrübelt hatte, was er seinen Eltern und Geschwistern schenken sollte. Hatte er endlich eine Antwort gefunden, machte er sogleich eine Vielzahl von Päckchen, die er oft so sorgfältig versteckte, dass er sie manchmal erst kurz vor der Bescherung wiederfand. Dabei war es auch schon vorgekommen, dass er zwei oder drei Geschenke einfach vergessen hatte und sie ihm erst am Festtag wieder einfielen. Er hatte dann – ein wenig verschämt, aber nicht unglücklich – um eine, wie er es nannte, Nachbescherung gebeten, die mit allgemeiner Heiterkeit und wohl gemeintem Spott gern angenommen worden war.

Während er die Bilder weitergehen ließ, sang er im Stillen noch einmal die Advents- und Weihnachtslieder, die ihre eigentümlich schönen Melodien mit zum Teil märchenhaft unverständlichen Texten verbanden, holte noch einmal mit seinem Vater den Weihnachtsbaum aus dem Wald, ging noch einmal mit seinen Eltern und den Geschwistern durch den Wald und «über die Höhe» – wie die Eltern die Überquerung eines kleineren Berges damals stets nannten – in das Tal zu den Großeltern, wo sich die gesamte Großfamilie am Weihnachtstag zusammenfand, erzählte, aß, trank und sang und es mit stillschweigender Selbstverpflichtung zu weihnachtlich friedfertiger Gelassenheit verstand, vorhandene oder entstehende Spannungen einfach nicht zu beachten.

Er dachte zurück an jenen Großonkel, der Hofmeisters Großmutter regelmäßig zu Weihnachten nach mehrstündigem Fußmarsch besuchte und die beneidenswerte Fähigkeit – sozusagen als höchstpersönliches brüderliches Geschenk – stets mitbrachte, innerhalb kurzer Zeit die im Wohnzimmer sitzenden Erwachsenen in einen gemischten Weihnachtschor mit mutigen Solopartien zu verwandeln – sehr zum Ergötzen der nebenan in der Küche feixenden, aber sich ansonsten wohl aufgehoben fühlenden Enkelschar.

Hofmeister erinnerte sich der unruhigen Nacht vor dem Weihnachtsmorgen, an dem die Bescherung stattfinden sollte. Wie erwartungsfroh und trotz der weihnachtlichen Spannung freudig gestimmt war er, wenn in der nächtlichen Frühe die Mutter in einem festlichen dunkelblauen Kleid, anmutig und von naher Schönheit, in die Zimmer der Kinder eintrat, ein Glöckchen in der Hand bewegte und ein Weihnachtslied sang, um ihn und seine Schwestern in das eigentliche Fest einzuläuten. Geweckt werden mussten sie nicht mehr, hatten sie doch die kurze, gemessen an ihren Wünschen und Träumen hingegen lange Nacht kaum wirklich geschlafen.

So kam es ihnen wie eine Erlösung aus einer wochenlangen, ansteigenden Spannung vor, als endlich jener Morgen mit seinen vertrauten Tönen, Bildern und Gerüchen anbrach. Die Großmutter hatte bereits Kaffee für die Erwachsenen und Kakao für die Kinder gekocht, der Stollen war aus dem Keller, genauer aus dem dort befindlichen so genannten Fliegenschrank, geholt worden. Die Mutter hatte den Stollen angeschnitten und lud zum Frühstück ein. Der Vater, an jenen Morgen meist schweigsam, aber immerhin heiter und in einem festlichen weißen Hemd mit einer eigenwillig, doch sorgfältig gebundenen Krawatte an einer Stirnseite des Tisches sitzend, nahm sich eine Scheibe, und die Großmutter forderte die Kinder auf, es ihm gleichzutun. Die aber bekamen vor lauter Aufregung, die nach der durchgestandenen Nacht eher noch größer geworden war, selten einen Bissen herunter, wussten sie doch, dass noch ein über einstündiger Gottesdienst, die von allen so bezeichnete Christnacht, vor ihnen lag – und sie bedrängte –, bis die Bescherung endlich beginnen konnte.

Nach dem, wie man sich denken kann, nicht lange währenden Frühstück traten die Eltern mit den Kindern in den Morgen hinaus, um zur Kirche zu gehen. Die Großmutter blieb zurück, vermutlich, um noch letzte Hand an das Christkind zu legen. Das Läuten der Glocken war schon zu hören, aber es war anders als sonst, und jeden Weihnachtsmorgen sagte der Vater als Erklärung sowie Mahnung zur Eile zugleich, dass «sie schon beiern» würden – wohl eine in jener Gegend verbreitete volkstümliche Bezeichnung des weihnachtlichen Glockenläutens. Der dunkle Weg zu den Glocken war nicht sehr weit – aber für die Kinder besonders schön, wenn Schnee lag oder es gar schneite. In der Kirche angekommen, begann das um scheinbare Unauffälligkeit bemühte Suchen nach Plätzen, das in der Regel auch gelang, wobei ein flüsterndes Sprechen, verbunden mit vielsagenden Blicken, das Finden erleichtern sollte.

Als sie schließlich saßen, wurde sogleich der doppelseitig gefaltete, bedruckte Papierbogen, der durch den Gottesdienst führen sollte, zur Hand genommen und näher betrachtet. Vor allem den jüngeren Kindern gefiel der hübsche Rand dieses Bogens, der aus lauter gezeichneten Tannenreisern und Glocken bestand. Später, als sie schon etwas älter waren, versuchten sie, aus der Anzahl der zu singenden Lieder und der anderen Programmpunkte zu ermessen, wie lange die Christnacht wohl noch dauern würde, und waren jedes Mal erleichtert, wenn ein Programmschritt getan war und der nächste folgte.

Die Ungeduld des Wartens und Ausharrens bis zum eigentlichen Beginn des Gottesdienstes wurde freilich gemildert durch den Vorgang des Anzündens der Kerzen an den beiden großen Tannenbäumen, die rechts und links der Kanzel, über sie noch hinausragend, standen. Es war jetzt die große Zeit des Küsters gekommen, der diese Arbeit gemessen anging, sich seiner wichtigen Aufgabe wohl bewusst. Er benutzte dabei eine schlanke, schwarz lackierte Stange, an deren Ende eine brennende Kerze aufgesteckt war. Je nach der Entfernung zu den Kerzen am Baum ließ er die Stange in seinen Händen spielerisch vor- und zurückgleiten, manchmal mit zu leichten Übertreibungen neigenden Gesten. Doch alles in allem entledigte er sich seiner lichtspendenden Arbeit auf souveräne Art und Weise.

In späteren, frühen Jugendjahren und nach einigen erfolgversprechenden Lateinkenntnissen, gab Hofmeister dem Küster, nicht ohne gewisse Überheblichkeit, auch den Beinamen «Lucifer». Das hing sicher damit zusammen, dass der Küster in den schwierigsten Fällen auf die hoch gelegene Kanzel stieg – was er vermutlich nicht ungern tat –, um von dieser schwindelnden Höhe aus auch die entlegensten Kerzen, sich scheinbar waghalsig, wahrscheinlich auf einem Bein stehend und über den Rand der Kanzel beugend, anzuzünden. Wenn ihm dann zuweilen die aufgesteckte Kerze an der Stangenspitze verlosch, bemerkten die aufmerksamen, neugierigen Kinderaugen, wie er mit schneller Geschicklichkeit sich wieder Licht von einer Baumkerze holte, die er soeben noch angezündet hatte.

Als schließlich alle Kerzen brannten, setzte die Orgel mit feierlichem, nicht zu tiefem Bassspiel ein, so als ob sie geradezu auf das warme Licht der Weihnachtskerzen gewartet hätte. Die Christnacht hatte begonnen.

Fortgetragen von der Kunde alter Bilder, saß Hofmeister versunken da in seinem Großraumwagensessel, als ihn die Zugansage jäh und geräuschvoll mit «In wenigen Minuten erreichen wir Köln-Hauptbahnhof» in die Eisenbahngegenwart zurückholte. Er musste dort den Zug wechseln, um dann noch etwa eine Stunde bis zu seinem Heimatort zu fahren.

Das Umsteigen in der großen, zugigen Bahnhofshalle der Stadt, die seit Jahrhunderten vom Volksmund mit «heilig» in Verbindung gebracht wird, eine Bezeichnung, für die sich Ludwig Hofmeister nie erwärmen konnte, weil er sie als Heuchelei empfand, ging ohne größere Schwierigkeiten oder längere Wartezeiten vonstatten.

Geduldig ließ er sich von dem schaukelnden, knarrenden Waggon, in dem er in stickiger Luft dicht gedrängt mit anderen Reisenden saß, und das alles zusammengenommen eher an die Postkutschenzeit ferner Tage erinnern mochte, aus der Ebene durch das enger werdende Flusstal in die ihm seit seiner Kindheit vertraute Mittelgebirgslandschaft tragen. Über den vorbeiziehenden Wäldern lag die Abenddämmerung schon im tiefen Blau des Winterlichtes, und der Schnee der nahen Berge dehnte seine Stille hinunter in die Dörfer, die der Zug durchfuhr. Hofmeister dachte an den Stollen und den Kaffee, den er in Kürze mit Eltern und Geschwistern, am Wohnzimmertisch sitzend, genießen würde, von der Reise berichtend und sich Geschichten über Geschehenes erzählen lassend.

So gelangte der Zug schließlich müde dampfend und insgesamt erschöpft wirkend, aber durchaus immer noch gutwillig im Bahnhof seines Heimatstädtchens mit dem eigenwilligen, aus alten Zeiten stammenden Namen Ründeroth an. In der offiziellen Lesart war der Ort zwar nur ein Dorf, das sich in seiner ursprünglichen Besiedlung am Flusslauf in einem engen Tal entlangzog. Erst die Jahrzehnte «nach dem Krieg» – wie die Alteingesessenen stets sagten – hatten es an den aufsteigenden Hängen beiderseits des Flusses in einem Ausmaß wachsen lassen, dass man es ungeachtet beamteter Münder schon als «Städtchen» bezeichnen konnte.

An diesem Bahnhof nun wurde Hofmeister – wie schon in vielen Jahren zuvor – von seinem Schwager mit kurzem, herzlichen, alles Überflüssige meidenden Gruß erwartet, wobei er mit zugreifender Freundlichkeit das Gepäck entgegennahm, in seinem Wagen verstaute und sogleich wieder abfuhr. Hofmeister wollte den nicht sehr weiten Weg zu seinem Elternhaus zu Fuß zurücklegen, da er – davon war er jedes Mal fest überzeugt – auf diese Weise gute Gelegenheit hatte, sich wieder in die neue, alte Welt seiner entfernt gewordenen Heimat einzustimmen. Auf diese kleine Wanderung wollte er nicht verzichten, sie war ihm beinahe schon zu einem Ritual geworden.

Hofmeister ging an den Geschäften vorbei, blieb hier und da kurz stehen, um sich die Auslagen anzuschauen. Allerdings dachte er eindringlicher daran, welche Freude seine Geschenke wohl auslösen würden. Mit warmer Selbstgefälligkeit ließ er diese Gedanken in seinem Kopf treiben. Dabei strengte er zugleich sein Gedächtnis in der Weise an – er hatte schon immer eine gewisse Neigung zu Gedächtnisübungen, weil sie lustvoll anstrengend waren –, dass er sich zu vergegenwärtigen versuchte, welche Geschenke er für jeden einzelnen der Seinen erstanden hatte und welchen Platz er ihnen im Weihnachtszimmer geben sollte.

In diesem Augenblick ließ ihn jedoch sein jetzt wieder aktuelles Gedächtnis jäh und in knapper, kühler Strenge wissen, dass er alle seine Geschenke in seiner Hamburger Wohnung zurückgelassen hatte.

Hofmeister musste zugeben, dass das seinen stolzen Absichten gänzlich zuwiderlief, vertraute aber darauf, dass ihm schon noch etwas einfallen würde, den Frieden der Weihnacht zu erhalten. Nun, der Heilige Abend nahte und mit ihm die Zeit, da alle beschert werden sollten – und wollten –, und Hofmeister kam das jetzt alles viel zu schnell, blieb ihm doch trotz aller Grübeleien und Abwägungen eine ihm wohlgefällige Lösung versagt. In der Runde des Gabentisches versuchte er, so gut es ging, seine aufsteigende Nervosität durch scheinbar witzige Anmerkungen und kleine Geschichten aus seinem Hamburger Stadtteil Eppendorf zu überspielen, was jedoch bei genauerem Hinsehen nicht so recht gelingen wollte. Die anderen hatten mittlerweile die meisten Geschenke ausgepackt – er hatte die für ihn bestimmten auch schon in Empfang genommen, wenn auch mit gemischten Gefühlen –, und er spürte mit wachsender Sorge, dass sie, etwas ratlos schweigend, seine Geschenke wohl schon vermissten, obwohl es ihnen die sicher auch durch die Feierlichkeit gebotene Höflichkeit nahe legte, darüber zunächst hinwegzugehen. In die sich anbahnende Stille hinein kam ihm dann doch noch ein Gedanke, der seine und der anderen missliche Lage beseitigen und aus der er ohne zu großen Gesichtsverlust herauskommen könnte. Er nahm seinen Mut zusammen und bat mit leicht belegter Zunge, eine Geschichte erzählen zu dürfen.

Seine Eltern und Geschwister erhoben erstaunt die Köpfe, war ihnen doch zur weihnachtlichen Bescherungszeit noch nie ein derartig ungewöhnliches Anliegen vorgetragen worden. Sie blickten daher skeptisch und ein wenig mitleidig, aber auch mit anteilnehmender Neugierde.

Schließlich ahnte man ja, dass jetzt nur noch das klärende Wort helfen konnte, um das sich einer so lange herumgedrückt hatte. Jetzt war für Hofmeister also im wahrsten Wortsinne die Stunde der Aufklärung gekommen. Indem er seiner Stimme eine nüchterne Feierlichkeit zu geben sich bemühte, begann er mit der Unschuld trockener Sachlichkeit zu sprechen:

«Es begab sich, dass zu der Weihnachtszeit ein nicht mehr ganz so junger Mann aus einer großen Stadt aufbrach, um in seine alte Heimat zu seinen Eltern und Geschwistern zu fahren. Dort wollte er die Weihnachtstage – wie in all den vielen Jahren zuvor – verbringen. Dort meinte er – jahrein, jahraus – das zu spüren und zu erleben, was gemeinhin ‹Weihnachtsstimmung› genannt wurde, sozusagen eine innere Zeitumstellung, die freilich weniger Stimmung als wohl vielmehr der Versuch war, Kindheitsträume herbeizuwünschen und sie für eine kleine Dauer in der Erwachsenenwelt festzuhalten, ein kurzes Erleben also, welches sich vor allem an diesem Ort für diese Zeit einstellen sollte und dem er sich nur schwer entziehen konnte. Er hätte es auch gar nicht wirklich gewollt, da ihm das Weihnachtsfest zu sehr im Herzen und in den Sinnen lag.

Als er in seinem Elternhaus angekommmen war, musste er nach einigen inneren Ausflüchten mit Schrecken feststellen, dass er all seine Weihnachtsgeschenke in der großen Stadt vergessen hatte. Er stand also mit leeren Händen da, eine Tatsache, die ihm nicht unbeträchtlichen Kummer bereitete, wusste er doch, dass er von den Seinen – da sie es gut mit ihm meinten – stets reichlich bedacht wurde. Nachdem er sich redlich bemüht hatte, die Lage neu einzuschätzen – und das hieß vor allem, sowohl den anderen als auch sich selbst die Freude am Fest so groß wie möglich zu erhalten, entschloss er sich, ihnen diese Geschichte zu erzählen.»

Als Hofmeister den Versuch seiner Entschuldigung beendet hatte, mussten seine geduldigen Zuhörer herzhaft lachen. Seine ältere Schwester, der wertenden Einschätzung von Situationen häufig zugewandt, meinte – diesmal freundlich und ohne spitzen Tadel –, dass das eine schöne Bescherung wäre, aber man jetzt trotz allem sich und den anderen endlich «Fröhliche Weihnachten» wünschen könnte.

So geschah es denn auch, indem alle ihre Gläser hoben, sich reihum ansahen und sich zutranken. Nachdem Hofmeister sein Glas in einem Zug bis auf den Grund geleert und es erleichtert abgesetzt hatte, verspürte er den Wunsch, nach draußen auf den Balkon zu gehen, um die frische Winterluft einzuatmen. Er öffnete die Tür, trat hinaus und bemerkte sogleich eine eigentümliche Ruhe, die über dem Schnee des Gartens und der Straße lag und bis zu den verschneiten Waldbergen auf beiden Seiten seines Elternhauses aufzusteigen schien.

Er musste an die wenige Tage zuvor erlebte Zugreise denken und an die dabei aufgetauchten Bilder. Aber es schien ihm, dass er mit dem alten Wissen und dem Erinnern daran jetzt weiterging, gar weitergehen und weiterdenken wollte. Er spürte, dass dieses Weihnachten mehr war, viel mehr und anderes als nur zurückgeholter Kindertraum.

Er sah vom Balkon aus hinein in das große Zimmer, in dem seine Eltern und Geschwister saßen und sich angeregt unterhielten, wobei ihre Hände und der Ausdruck ihrer Gesichter ihre Wortbeiträge lebhaft unterstützten. Durch den schmalen Spalt der nur angelehnten Balkontür konnte er hören, wie jeder von seinen persönlichen Erinnerungen der gelebten Weihnachten berichtete, wie zugehört wurde und Fragen gestellt wurden und wie sich das Gespräch mehr und mehr zum Rätsel dieses Festes und seiner Geheimnisse hinbewegte.

Ihn erfreute diese Mischung aus lebendiger, offener Fröhlichkeit und Nachdenklichkeit, war aber schließlich – wie vielleicht die anderen ebenso – doch überrascht, als sein Vater recht unvermittelt äußerte, dass es im Grunde gut gewesen sei, dass sein Sohn Ludwig – in dessen zeitweiliger notorischer Verträumtheit und Zerstreutheit, wie er meinte – sämtliche Geschenke vergessen hätte. Als er das sagte, verstanden seine Zuhörer sofort und die als etwas vorlaut bekannte jüngere Schwester Hofmeisters ergänzte sogleich, dass man sonst nicht in den Genuss der Geschichte und zum doch ungewöhnlichen Sprechen und Nachdenken über Weihnachten gekommen wäre. Im Übrigen könne man sich jetzt wieder, wie in früheren Zeiten, auf eine «Nachbescherung» freuen. Etwas pathetisch meinte sie dann noch, dass ihr das alles so etwas wie die Geburt neuer Gedanken bedeutet hätte, denen sie weiter nachspüren wolle. Erstaunlich für Hofmeister war, dass dem mit nachdrücklichen Körperhaltungen zugesprochen wurde.

Mit leiserer Stimme fügte dann die Mutter noch hinzu, dass die geschilderten Ereignisse und das, was ihr Sohn daraus gemacht hätte, vielleicht das eigentliche, zudem noch geheimnisvolle Geschenk zur Weihnacht gewesen wäre. Als sie das sagte, verstummte das Gespräch, jedoch nicht lange, denn man stimmte auf vielsagende Weise zu und begann, sich dem Thema des weihnachtlichen Schenkens zuzuwenden, so, als ob es darüber nie an Offenheit gemangelt hätte.

Hofmeister hatte alles vom Balkon aus wahrgenommen. Nicht ohne innere Bewegung nahm er zur Kenntnis, dass Neues entstanden war. Er trat wieder zurück in den Raum und spürte, wie ein Gefühl von Glück ihn begleitete.

Doris zur Linden

Zufällig

Sie trafen sich
Wie vor einem Jahr
In der Stadt.

Sie entdeckten einander
In der Menge
Zufällig.

Sie gingen gemeinsam
Ins Café an der Ecke.
Tranken zusammen
Plaudernd ihren Tee.
Unterhielten sich
Gekonnt über irgendetwas.

Sahen sich
Lange schweigend an.
Waren einander
Unbekannt. Fremd geworden.

Man reicht sich
Erleichtert die Hände.

Sie trennten sich
Wie vor einem Jahr
Für immer.

Sie trafen beide
Die Vergangenheit
In der Stadt.
Zufällig.

Autorenverzeichnis

Sylvia Anders, vielseitig begabte Tochter von Peter Anders, dem lyrischen Tenor und berühmten Mozartinterpreten, wurde in Berlin geboren, wuchs in Hamburg auf, lernte bei Eduard Marks und Susanne Anders und hat sich als Schauspielerin und Sängerin einen Namen gemacht. Ihre Liebe gilt den Songs der zwanziger Jahre mit dem *liederlichen* Chansonprogramm «Frauen sind keine Engel, aber …» wird sie als eine Diseuse besonderer Natur gefeiert. Die Autorin ist freiwillig und gern ledig, lebt seit vielen Jahren auf der Uhlenhorst in Hamburg, wenn ihre Kunst sie nicht gerade in die weite Welt treibt.

Rainer Bubenzer, aufgewachsen im Rheinland; mag Musik (u. a. Monteverdi, Bach, Schubert), Theater, Geschichte(n) und roten Bordeaux; reist mit Vorliebe in Frankreich und Nordamerika; geht im Sommer gerne schwimmen und im Winter Ski laufen; arbeitet als Rechtsanwalt in Karlsruhe.

Edgar Dembeck, geboren 1950 in Schönau bei Heidelberg und dort aufgewachsen. Aus gesundheitlichen Gründen der Ehefrau vor zwanzig Jahren Umzug in den Norden; dem Land Schleswig-Holstein seitdem tief verbunden, auch als Kriminalhauptkommissar. Der Autor schreibt seit seiner frühesten Jugend Gedichte und Geschichten, auch Märchen und Kinderlieder.

Jan Drees, Anfang zwanzig, ist Sportler, Journalist und Autor. Romanveröffentlichung: «Staring at the sun» (2000).
Weitere Informationen unter www.jan-drees.de.
Der Autor lebt in Hamburg.

Sigrid Eggersglüß, Jahrgang 1949, hat als gelernte Buchhändlerin vom Norden bis Süden Deutschlands gearbeitet, lebt heute mit Mann und Sohn in Bad Bentheim, schreibt seit einigen Jahren Kurzgeschichten, ein Roman ist in Arbeit. Die Autorin liest begeistert und viel, spielt gut Skat und seit drei Jahren Klavier, außerdem strickt sie Socken – nahezu perfekt.

Angelika Gardiner, in München geboren und seit über 20 Jahren im Hamburger Exil lebend, arbeitete als Journalistin für Tageszeitung und Rundfunk, bevor sie zur «Brigitte» kam und engagierte Reportagen aus aller Welt schreibt, insbesondere über Frauen und Kinder in den armen Ländern. Ehrenamtlich ist die Autorin in mehreren Bürgerinitiativen aktiv und setzt sich im Nordelbischen Frauenwerk für die Bekämpfung des Frauenhandels und die Rechte von Flüchtlingsfrauen ein.

Ralph Giordano wurde 1923 in Hamburg geboren. Weil die Mutter Jüdin war, fiel die Familie unter die NS-Rassengesetze. Es folgten Flucht in die Illegalität und Befreiung durch die Briten 1945 in Hamburg. Giordano arbeitet als Journalist, Fernsehdokumentarist und Schriftsteller.

Zu den zahlreichen Veröffentlichungen zählen u. a. «Die Bertinis» (1982), «Israel, um Himmels willen Israel» (1991), «Wenn Hitler den Krieg gewonnen hätte» (2000).

«Was ist denn romantisch? Das Bauen auf die Kraft der Gefühle, Schwärmerei und Abenteuer (sagt der Duden). Zu wenig, ginge es lediglich um den ersten Kuss, die aufregenden Stunden bei Kerzenschein, dieses Kribbeln im Bauch. Ganz viel, gelingt es herauszufinden, wie die Schmetterlinge bleiben.»
Dagmar Günther, Jahrgang 1958, ist Zeitungsmacherin und Mutter, beides mit Engagement und in Berlin.

Ludwig Hirt ist Arzt und lebt mit seiner Familie in Süderbrarup. Der Autor verarbeitet seine Reise- und Naturerlebnisse in seinen Gedichten.

Regina Jessen lebt in Grundhof/Angeln. Sie engagiert sich im historischen Dorfmuseum Unewatt und verbringt jedes Jahr mehrere Wochen in Schweden, wo ihre Tochter, Schwiegersohn und fünf Enkelkinder in Bullerby-Verhältnissen leben.

Barbara Keller, geboren 1957 in Saarbrücken, studierte Geographie, Ökologie und Botanik in Berlin. Seit 1983 tätig in der Presse- und Öffentlichkeitsarbeit und seit 1998 auch als Redakteurin. Die Autorin lebt heute in Düsseldorf und schreibt und veröffentlicht seit zehn Jahren eigene Geschichten, insbesondere auch für Kinder.

Ingrid Knuth, Berlinerin, Jahrgang 1931, nach sozialpädagogischer Ausbildung und Arbeit seit über 30 Jahren in der Erwachsenenbildung tätig, u.a. Seminarleiterin und Psychotherapeutin. Die Autorin ist seit 1956 verheiratet, hat einen Sohn und lebt mit ihrem Mann, dem Hörfunk- und Fernsehjournalisten Karl-

Heinz Knuth, an der Flensburger Außenförde mit Blick auf die Ostsee.

Brunhild Kollars, geboren 1925 in einem kleinen Dorf zwischen Mühlhausen und Eisenach in Thüringen. 1953 folgte sie ihrem Mann nach Hamburg, für sie eine schwere, traurige Trennung vom Elternhaus, von Freunden und Verwandten; aber ein starker Hang zur Romantik, der meistens stärker war als die Vernunft, beherrschte die Autorin. Nach dem Tod ihres Mannes, 1991, hat sie mit dem Schreiben begonnen.

Doris zur Linden, geboren 1953 in Flensburg, verheiratet, Journalistin und Mutter von fünf Söhnen:
«Schreiben ist Ausdrucksmittel und Bindeglied zwischen Menschen, die sich etwas zu erzählen haben, obwohl die Sprache versagen mag. In stets taffer und cooler werdenden Zeiten kann die Romantik ein Pflaster für unsere Seele sein.»

Hille Lux, geboren 1944 in Neubukow/Mecklenburg, ist Mutter von Zwillingstöchtern. Sie lebt mit Freund und zwei Wellensittichen in Bremen, schreibt Kurzgeschichten und Gedichte. Es ist für sie ein großes Vergnügen, ihre Umwelt und sich selbst mit Phantasie schreibend zu erforschen.

Barbara Mürmann wurde 1946 in Goslar am Harz geboren. Durch ihren Vater, Kurt Richter, einen Hamburger Schallplattendirektor, hatte sie schon früh Kontakt zu den meist singenden Stars der Wirtschaftswunderjahre, deren Lebensstil oft im totalen Gegensatz zu der naturverbundenen und bodenständi-

gen Art ihrer ostpreußischen Großeltern stand, von denen sie als Kind oft betreut wurde.
Heute lebt die Autorin mit Mann und Hund in Hamburg und leitet den kleinen Arezzo-Musikverlag.

Margit Naumann, geboren 1940 in Annaberg, lebt seit 1961 in Wiesbaden. Sie ist Bürokauffrau, verheiratet und hat Zwillinge. Die Autorin schreibt seit 1992 und veröffentlicht Kurzgeschichten und Gedichte, u. a. in der Edition der Brentano-Gesellschaft, Frankfurt a. M., und in den Francke-Blättern der Franckeschen Stiftungen, Halle.

Justus Noll studierte Musikwissenschaft, Mathematik und Slawistik in Frankfurt und Marburg. Arbeit als Musikredakteur beim Südwestfunk, als Pianist und Begleitmusiker auf den Kreuzfahrtschiffen «Hanseatic», «Arkona», «Bremen», «Europa», «Berlin» und «Deutschland». Eigene Kompositionen und Buchveröffentlichungen, u. a. «Die andere Liebe der Philosophen – Wittgenstein und David Pinsent», Rowohlt 1998.
Der Autor lebt heute in Marburg an der Lahn.

Petra Oelker, geboren 1947, arbeitet als Journalistin und Autorin. Großen Erfolg hat die Autorin mit ihren historischen Kriminalromanen – mittlerweile fünf –, in deren Mittelpunkt Hamburg und die Komödiantin Rosina stehen. Ihr letzter Roman «Der Klosterwald» ist im Wunderlich Verlag erschienen.

Nils H. Pieritz wurde 1943 in Schlesien geboren, wuchs in Frankfurt am Main auf; nach Lehre und Studium der Landwirtschaft Arbeit in verschiedenen Betrieben. Später 25 Jahre Grundschullehrer in Schleswig-Holstein. Lebt heute zwischen der Hansestadt Wismar und dem kleinen Flecken Habernis, hoch im Norden, mit Blick auf die dänische Küste.

Holdger Platta, geboren 1944 in Freiwaldau/Niederschlesien, aufgewachsen im Ruhrgebiet, Abitur 1965 über den zweiten Bildungsweg. Studium der Germanistik, Geschichte, Pädagogik und Politologie in Göttingen und Marburg an der Lahn. Seit 1971 tätig als freier Autor und Wissenschaftsjournalist, lebt heute in Sudershausen.

Marianne H. Rasmus, geboren 1927 in Bremerhaven. In der Barlachstadt Güstrow verbrachte sie Kindheit und Jugend. Als technische Zeichnerin verdiente sie ihren Lebensunterhalt; seit der Pensionierung lebt die Autorin in Ottobrunn und widmet sich ganz ihrer geliebten Schriftstellerei.

Sabine Rheinhold, Jahrgang 1947, hat Journalismus schon während ihres Studiums der Politik und der Germanistik bei der Zeitung in Berlin gelernt. Die «Achtundsechzigerin» arbeitet seit Beginn der siebziger Jahre für den NDR. Sie hat über ein Jahrzehnt die Sendung «Markt im Dritten» moderiert, ist begeisterte Fernseh-Macherin und Fachfrau für Fragen und Antworten, vor allem zur Sozialpolitik.
Die Autorin ist verheiratet mit dem Stadtplaner Christian Farenholtz, hat fünf sehr geliebte Stiefkinder, zwei Enkelinnen und lebt in Hamburg.

Doris Ruge, geboren 1946 in Langenberg im Rheinland. Nach einer kaufmännischen Ausbildung verschiedene Tätigkeiten im Hotel, Architektur- und Reisebüro, im Verlag und in der Industrie, heute Lektorin und freie Autorin. Nach über zwei Jahrzehnten Leben in Sankt Augustin lebt die Autorin jetzt in Rabenholz /Schleswig-Holstein.

Monika Scheer, geboren 1940 in Neusalz a. d. Oder, lebt heute auf dem Land bei Krefeld, liebt die Porzellanmalerei und verbringt viele Stunden mit dieser Kunstfertigkeit; versucht sich neuerdings in romantischen Gedichten, kam über Märchen zur Romantik und findet, dass die Romantik in der Welt heute oft zu kurz kommt.

Hermann Schreiber ist 1929 in Ludwigshafen geboren und in Stuttgart aufgewachsen. Sein Journalisten-Handwerk erlernte er bei der «Stuttgarter Zeitung», danach arbeitete er als Redakteur und Sonderkorrespondent beim «Spiegel». Im Fernsehen hat der Autor in den siebziger Jahren die Porträtreihe «Lebensläufe» moderiert, 12 Jahre lang war Hermann Schreiber Moderator der NDR-Talkshow. Er hat mehrere gesellschaftspolitische und biographische Bücher veröffentlicht. 1999 erschien die Biographie «Henri Nannen – Drei Leben».

Ursula L. Voss, geboren 1942 in Graudenz/Westpreußen, nach der Flucht aufgewachsen in Bad Schwartau, studierte Theaterwissenschaft, Germanistik und Romanistik in Hamburg, Wien, Madrid und Berlin. Ausbildung im Nachwuchsstudio des NDR unter Axel Eggebrecht, seit 1970 Hörfunkjournalistin und seit über 10 Jahren verantwortlich für die Sendereihe «DAS FEA-

TURE». Das Hauptinteresse der Autorin gilt sozialpolitischen Themen.
Die Autorin lebt in Hamburg.

Irene Wegmann, Jahrgang 1952, seit 23 Jahren in Hann.-Münden lebend, verheiratet mit einem Kriminalbeamten, drei Kinder. Die Autorin ist gelernte Fremdsprachenkorrespondentin und nach Familienpause als Verwaltungsangestellte tätig. Sie ist ein absoluter Bücherwurm mit viel Spaß am Schreiben und Reisen.

Quellenhinweise

Ralf Giordano, *Der Wombat*
aus: «Der Wombat» von Ralph Giordano. © 1997 by Verlag Kiepenheuer & Witsch, Köln

Petra Oelker, *Die Wildnis der Gedanken*
aus: «Hamburg total verliebt», herausgegeben von Michael Koglin. © 1996 by Rotbuch Verlag, Hamburg